가장 가까운 치유

가장 놀라운 치유 시리즈 01

가장 가까운 치유

초판 1쇄   2017년 10월 25일

지은이   박정환
발행인   김재홍
디자인   이근택
교정·교열   김진섭
마케팅   이연실

발행처   도서출판 지식공감
등록번호   제396-2012-000018호
주소   경기도 고양시 일산동구 견달산로225번길 112
전화   02-3141-2700
팩스   02-322-3089
홈페이지   www.bookdaum.com

가격   15,000원
ISBN   979-11-5622-319-1 03810

CIP제어번호   CIP2017026273
이 도서의 국립중앙도서관 출판예정도서목록(CIP)은 서지정보유통지원시스템 홈페이지(http://seoji.nl.go.kr)
와 국가자료공동목록시스템(http://www.nl.go.kr/kolisnet)에서 이용하실 수 있습니다.

가장 놀라운 치유 시리즈 01

가장 가까운 치유

불치병을 극복하고 건강교육학 박사가 되어 전하는
'참된 치유의 길은 믿기 어려울 만큼 가까이 있다!'

박정환 지음

지식공감

CONTENTS

제2부 더 큰 의학과 참된 치유

제 1권을 집필하며

알리 하페드 Ali Hafed 란 남자가 있었습니다. 그는 약 300년 전 인도의 인더스 유역에 살던 부자로서 큰 농장 주인이었습니다. 그는 다이아몬드가 있는 땅을 발견하면 왕처럼 잘살 수 있다는 이야기를 듣고는 농장을 팔아치운 다음, 수년 동안 다이아몬드가 있는 땅을 찾아서 중동과 아프리카와 유럽을 헤매다녔습니다. 그러나 결국에는 다이아몬드를 찾지 못하고 가졌던 돈을 다 탕진한 그는, 돌아오는 길에 스페인 해안가에서 밀려오는 파도에 몸을 던져 스스로 생을 마감하였습니다.

그런데 그가 그토록 여러 나라를 돌아다니며 찾아 헤매던 다이아몬드 땅은 그가 팔아 치운 농장에서 발견되었으며, 그 땅은 세계에서 품질이 최고로 훌륭한 다이아몬드를 생산하는 골콘다 다이아몬드 광산 Golconda diamond mine 이 되었습니다.

6

이 이야기는 1870년에 지금 이라크 지역을 여행하던 미국의 성직자이며 교육가였던 러셀 콘웰Russell Conwell 박사가 여행가이드로부터 들은 이야기로서 그는 『다이아몬드의 땅 Acres of Diamonds 』이라는 제목으로 6,000회 이상 강연을 하며 청중들에게 자신의 주변에서 기회를 찾으라고 강조하였습니다.

이 이야기를 읽은 후 나는 나 자신이 알리 하페드와 같았다는 생각을 하였습니다. 오랜 세월 고통 속에서 살아온 나 자신이 경험을 통하여 깨닫게 된 것은, 너무나 많은 사람들이 알리 하페드와 같이, 가까운 데 있는 치유의 길을 찾지 못한 채 안타깝게도 불필요한 고통 속에서 살아가고 있다는 것이었습니다.

나는 오랜 세월 불치의 관절 질환인 강직성 척추염 強直性 脊椎炎 으로 이루 말할 수 없는 고통을 겪어온 끝에, 이렇게 지내는 것보다는 차라리 굶어 죽는 것이 낫겠다는 마음으로 목숨을 걸고 무기한 無期限 금식기도에 들어갔습니다.

십 년 이상 오로지 내 불치병을 고쳐 보겠다는 일념으로 수많은 명약과 명의를 찾아다녔으나 아무런 효과가 없던 결과, 차라리 죽는 것이 낫겠다는 판단 끝에 해 본 마지막 시도였습니다.

이렇게 시작하게 된 무기한 금식기도의 결과로 만난 참된 치유의 길은 믿을 수 없이 가까이 있었습니다!

그것은, 부자이건 가난한 자이건 상관없이, 누구나 눈이 열려 깨닫기만 하면 손쉽게 값없이 얻을 수 있는 치유 회복의 길이었습니다.

그것을 깨달은 후 안타까움으로 밤에 잠이 잘 오지 않았습니다. 그것은 마치 등산하다 길을 잃고 많이 방황하며 죽는 줄 알았던 사람이 살길을 찾았을 때, 살길이 알고 보니 너무나 가깝게 있다는 것을 깨달은 감정과 비슷하리라 생각됩니다. 살길을 찾은 후, 아직 산속에서 고통받고 방황하고 있을 동료들을 어떻게 모른 척하고 가만히 있겠습니까? 나의 심정도 그러하였습니다.

지난 32년간 그와 같이 전하지 않고는 견딜 수 없는 심령이 나 자신을 이끌었고, 신학 석사와 건강교육학 석사와 박사 과정을 거치게 하였고, 한국과 미국에서 건강교육 일을 하게 하였고, 그 오랜 여정으로 인해 이 책을 집필하게 되었습니다.

이 책 1부에서는 나 자신의 고통스러웠던 경험을 통하여 가장 절망스럽고 희망이 보이지 않았던 날들 가운데서 어떻게 참된 치유와 새로운 삶을 찾았는지 그 과정을 보여주고자 합니다. 또한, 세상의 학적 치료 방식의 문제점과 한계를 논의해 보고자 합니다.

2부에서는 환자들이 자신 속에 내재되어 있는 자연치유력의 힘으로 치유되는 '자발적 치유' 원리와 사례들을 보여 줄 것이며, 신체와 정신과 영을 포괄하는 더 크고 참된 치유의 길에 대하여 전하고자 합니다.

'가장 놀라운 치유 시리즈' 2권의 책 중 1권 『가장 가까운 치유』에서는 질병의 원인과 생활의학적 치유, 그리고 신체·마음·영의 연관성과 치유 관계에 초점을 맞추었습니다. 2권 『너머 보고 기뻐하라』에서는 심신의학과 영성의학에 초점을 맞추어 질병 치유 및 전인건강의 길을 소개하게 될 것입니다.

이 '가장 놀라운 치유 시리즈' 2권의 책은 개인적인 체험을 넘어 3가지 목적을 가지고 쓰게 되었습니다.

첫째, 현대인에게 편만한 생활습관 질환들을 치유 및 예방할 수 있는 길을 제시하고,
둘째, 스트레스, 우울증, 두려움을 평안, 감사, 기쁨으로 변화시킬 수 있는 길을 전하고,
셋째, 시련을 복과 자산으로 변화시킬 수 있는 길을 전하고자 합니다.

이 두 가지, 질병과 시련의 문제는 나눌 수 없는 불가분의 관계를 가지고 있습니다. 그래서 지난 수십 년간 고통의 문제에 대해 관심을 가지고 관찰하고 연구하여 왔습니다. 그 이유는 고통으로부터 나 자신이 자유로운 길을 찾고 싶었고, 그것을 찾게 된다면 고통받는 많은 사람들에게 전하고 싶어서였습니다.
나의 관심은 나를 포함한 시련을 극복한 사람들의 경험들과 노하우, 과학 등 학문적 발견들과 성경 원리의 공통분모를 찾는 것이었습니다. 그리고 그것을 삶에 적용할 수 있는 프로그램을 만들어서 질병 치유에도 활용하고 시련을 자산과 복으로 전환시킬 수 있도록 지원하는 것이었습니다.

하나님은 바벨론에게 멸망 당하여 포로가 되어 잡혀간 이스라엘 백성들에게, "너희를 향한 나의 생각을 내가 아나니 평안이요 재앙

이 아니니라. 너희에게 미래와 희망을 주는 것이니라." 하셨습니다.

그 엄청난 재난을 통해 그들에게 의도하셨던 바와 같이, 하나님이 인생에게 고통을 허락하시는 것은 파멸이 아니라 평안과 미래와 희망을 주시기 위함인 것입니다.

제게도 가장 큰 재난이 가장 큰 축복이었습니다. 그런 큰 고통의 나날들이 아니었으면 그렇게 열심히 하나님을 찾고 성경을 연구하고 하나님을 가까이 만나고 놀라운 새로운 삶을 살지 못하였을 것입니다. 그리고 그 고통을 벗어나고 시련을 통해 축복을 얻는 길 역시 알게 하셨습니다.

혹, 이 책을 읽는 당신이 질병이나 다른 시련으로 인해 고통받고 있으실지 모르겠습니다. 만일 그렇다면, 힘을 내고 기뻐하시기 바랍니다. 왜냐하면, 위기危機 는 말 그대로 위험하지만 놀라운 복福으로 변할 수 있는 기회가 될 수 있기 때문입니다. 그리고 그 길은 놀랍게도 아주 가까이 있습니다!

나 역시 개인적으로 견디기 힘든 질병으로 인해 죽음까지 상대해야만 하였던 시간이 있었습니다. 그리고 그 경험은 나를 통째로 변하게 만들었습니다.

제 1부

투병과 세상의학적 치료

1장 불치병 고통과의 싸움

01

고통과
절망과의 싸움

하늘이 노랗다는 말이 있다.

10년 이상 병과 싸우다 지치고 앞날을 살아갈 힘을 잃은 내게는 하늘이 그렇게 보였다.

어릴 때부터 건강하게 자라 아픈 것이라곤 몰랐던 내가 고등학교 1학년에 고관절, 무릎 및 어깨 관절들에 관절통이 발병했고, 2학년 때에 회복되다 재발하여 관절염으로 발전하였다. 학교를 중퇴하고 투병생활을 하며 검정고시를 통하여 힘들게 들어간 대학에서도 각종 치료를 받지 않고는 버틸 수 없었다.

대학 2학년 때, 척추가 굽어지고 아파 찾아간 순천향병원에서는 류마티스성 관절염 일종인 강직성 척추염이라는 진단을 받았고, 의사는 척추와 관절들에 염증이 발생하고 척추가 대나무처럼 붙고 굳어가는 질환이라고 하며 척추가 앞으로 굽어진 환자 그림을 보여 주며 시간이 지나면 그렇게 진행되는 불치병이라고 하였다.

함께 동행하셨던 어머니는 후에, 그날 밤 한숨도 자지 못하셨다고 이야기하셨지만, 나는 그렇지 않고 무덤덤하였다. 이미 5년간의 투병 생활로 통증과 고통에 많이 무감각해져 있었기 때문이었다.

그 당시 매일매일이 고통과의 씨름이었다. 학교를 가려다 고관절이 아파서 절뚝거리며 겨우 강의실까지 가기도 했고 어떤 날은 중간에서 포기하고 집으로 돌아가기도 하였다.

진통·소염제 약과 주사는 통증은 잠시 줄여주었지만, 위가 아프다든지 얼굴이 붓는다든지 하는 여러 부작용들이 뒤따랐다.

전국의 온갖 명약과 비방을 찾아다니며 다 써 보아도 차도는 없었다. 많은 돈을 쓰고 헤아릴 수 없이 많은 치료들을 받으며 기대하다 실망하고 기대하다 실망하는 것을 반복하였다. 여러 유명 병원에서 다양한 치료들을 받았고, 여러 한의원에서 한약을 지어 먹거나 주사를 척추에 맞기도 하였고, 카이로프랙틱, 부항 치료 등도 받았다. 그리고 지렁이, 지네, 뱀, 말뼈, 산돼지 등 헤아릴 수 없이 많은 민간 요법들을 시도하였다.

어떤 때는, 새벽 4시에 잠실에서 용산까지 택시를 타고 가서 아픈 곳들을 손바닥으로 많이 때리는 시술을 여러 달 받기도 하였고, 신유 神癒 치료를 받는다고 성령 聖靈 춤을 따라 하기도 하고, 내의만 입고 여러 여자 권사·집사들로부터 손바닥으로 맞는 안찰기도를 받은 적도 있었다. 낫기만 한다면 못할 것이 없었다.

하지만 이런 모든 치료가 효과가 없었다.

미국과 독일과 같은 선진국들에 알아보아도 강직성 척추염 환자들

제 1부 투병과 세상의학적 치료

은 치료가 되지 않아 연금을 받고 살아간다는 이야기만 들을 수 있었다.

세상을 아무리 둘러 보아도 희망은 없었다.

친구들을 만나지 못한지도 여러 해. 처지가 다르니 만나도 할 이야기가 없었고 만날 생각도 나지 않았다. 친척들 모임에 참석해도 몸이 아프고 불편하여 함께 즐길 수 없으니 참가 자체가 가족 친지들에게 부담을 주게 되었기에 참석할 수 없었다.

계속되는 통증과 절망으로 인해 손이나 발이 없어도 통증없이 일하면서 살아가는 불구 장애자들이 부러웠고 사고로 목숨을 잃는 사람들마저 부러웠다.

앉아서 5분 정도만 식사를 해도 허리가 아파서 먹는 것이 고통스러웠고, 턱관절이 아파서 음식을 씹기 힘들었고, 오른쪽 어깨 관절을 접착제로 붙여 놓은 것 같이 여러 해 팔을 조금도 올리지 못하였다. 때로 일어나는 것도 아파서 혼자 있을 때 화장실을 가지 못하고 신음한 적도 여러 번 있었다. 밤에 자는 것도 척추가 굽어져 바로 누울 수 없어 힘들었고 온몸의 통증으로 인하여 자주 깼다. 종래에는 '이것은 사는 것이 아니다. 죽는 것이 차라리 낫다.'는 생각이 들었다.

'고등학교 때부터 하나님께 기도하여 왔는데, 20대 중반이 넘도록 더 중해지는 병과 씨름하고 있으니, 하나님이 나의 기도는 듣지 않으시는가?' 하는 의문도 들었다. 다른 사람들의 기도는 들어 주시는 것 같은데…. 왜 내 기도는?

그러다, 하나님이 기도를 들어 주셔서 회복시켜 주신다 할지라도 손해 보는 것과 같은 느낌이 들었다. 왜냐하면, 청춘의 황금기인 고등학교 1학년 때부터 20대까지 10년 이상을 병과 씨름하느라 세월을 보냈기에 회복된다 할지라도 손해 보는 느낌이었다.

나의 오랜 고통에 의미가 있기를 바라는 마음이 들었다. 아니 의미가 있어야 한다고 생각하였다. 의미 없는 오랜 고통의 세월은 너무 잔인한 일이었다. 스스로 용납되지 않았다.

하나님은 인생에게 까닭 없이 고통을 허락지 않으시고 고통을 허락하시되 선한 의도로 허락하시는 분이란 성경 말씀을 기억하였다.

그래서 성경에서 예수께서, 한 소경이 장님된 것이 그 자신이나 부모의 죄 때문이 아니라 그에게서 하나님의 하시는 일을 나타내고자 하심이라고 하셨던 것처럼, 나의 병 역시 하나님의 하시는 일을 나타내어 하나님께 영광돌리는 병이 되게 해 주시기를 기도드렸다. 내 병이 그러한 병이 된다면, 그 모든 고통도 의미 있는 것이 될 것 같았다. 그래서 그 후부터는 내 병을 하나님의 방법으로 고치셔서 하나님의 하시는 일을 나타내는 병이 되게 해 주시기를 계속하여 기도하였다.

어떤 때는 한의원을 처음 찾아가서 대기실에서 기다리면서, 치료로 병이 낫는다 할지라도 하나님께 영광을 돌리지 않고 한의사가 나를 낫게 했다는 결과가 생길 것 같으면 차라리 나를 낫게 하지 마시기를 기도하기도 하였다.

갖가지 치료를 시도하다가 더 이상 희망을 가지다가 절망하는 것을 부질없이 계속 반복하기 싫어서 더 이상 희망하지 않고 절망 가운데 있고자 하는 마음까지 들었다.

그런데 성경을 읽거나 찬송을 부를 때는 마음이 조금 밝아지는 것을 느꼈다. 왜냐하면, "하나님에게는 불가능이 없다"는 음성을 듣는 듯하였기 때문이었다. 그런데 성경이나 찬송가를 닫으면 다시 마음이 어두워졌다.

나는 성경 에스겔 Ezekiel 서에 기록된 대로, 골짜기의 해골들을 살려서 많은 사람들로 일으키신 하나님의 능력이라면 유일하게 내 병이 나을 수 있는 가능성이 있다고 생각하였다.

1970년대 초부터 11년 동안 각종 세상 치료 경험과 관절과 척추 X-Ray 검사가 보여준 손상된 객관적인 정황을 봐서도 세상의 힘으로는 나를 낫게 할 가능성은 전무 全無 하였다.

통증과 무거운 삶의 무게로 그대로는 더 이상 살아갈 수 없었던 나는 무기한 금식기도를 하여 하나님을 만나 살 길이 열리든지 아니면 굶어 죽고자 하였다.

남은 유일한 희망은 죽은 자도 살리신 하나님밖에 없었다.

죽음을 각오한
무기한 금식기도

　1981년 말 추운 겨울이었다. 마음속에는 끊임없이 차고 스산한 바람이 불고 있었다. "이것은 사는 것이 아니다. 차라리 죽는 것이 낫다"는 말이 속으로 거듭되고 있었다.

　십 대 중반부터 관절염에 걸려 심한 염증으로 관절들이 변형되고 척추가 굽어지고 기형이 되어 가는 몸. 밤낮 통증으로 고통받고 세월이 갈수록 더 악화되는 불치 강직성 척추염.

　나로 인해 모든 것을 다 바쳐 치료하며 이미 오랜 세월 고통을 당하시는 부모님에게 세월이 갈수록 더욱 불구가 되어가고 고통스러워하는 비참한 모습을 보여 드리는 것보다 차라리 죽는 것이 나을 것이라고 생각했다. 계속되는 통증과 절망으로 스스로도 더 견딜 수 없는 심정이었다.

제 1부 투병과 세상의학적 치료

어느 날, 비장한 결심을 하고 산속의 한 대형 금식기도원으로 올라갔다. 더 이상 희망 없는 치료들에 돈 들이고 몸과 마음으로 고생하고 실망만 거듭하며 살아갈 수는 없다!

이것이 마지막이다. 두 가지 중 한 가지다!

무기한 금식기도를 실시하여 하나님을 만나면 살 길이 열릴 것이고, 만나지 못하면 굶어서 죽을 것이다. 굶어서 죽는 것이 죽지도 못하는 병을 지고 괴롭게 사는 것보다 낫다….

멀리서부터 찾아 올라간 크고 유명한 금식기도원에는 수많은 사람들로 가득 차 있었다. 2천 명이 넘어 보이는 많은 사람들 중 대부분은 병자들이었다. 파산을 하거나 다른 문제로 올라온 사람들도 있었지만 주위를 보면 모두 다 중환자들이었다.

간질병으로 바닥에 뒹굴며 발작하는 고등학교 남학생, 암 사형선고를 받고 20일 동안 금식기도하는 30대 부부…. 사람들은 필사적으로 하나님을 찾고, 또 찾으면서 부르짖었다.

나는 그중에서도 가장 비참한 환자로 여겨졌다. 왜냐하면, 모두 함께 앉아서 예배를 드리는데, 앉을 수 없는 나는 홀로 제일 뒤에 누워서 예배를 드려야 했기 때문이며, 다른 병자들은 밤새워 기도굴에서 기도하는데 나는 기도굴에서 5분이나 10분만 무릎 꿇고 기도하여도 아파서 더 이상 계속할 수 없었기 때문이다. 그래서 나는 밤새도록 기도굴에서 부르짖으며 기도할 수 있는 환자들이 부러웠다. 그래도, 나는 오직 하나님만 바라며 나름대로 최선을 다해 그분을 찾았다.

금식기도를 한 지 일주일이 되던 날, 기도굴을 나와 눈이 하얗게 쌓인 산길을 걸으면서 이러한 생각이 들었다.

"하나님이 성경에서 '나를 전심으로 찾는 자가 나를 만나리라' 하셨는데, 만일 하나님이 하늘에서 그런 사람을 찾으신다면 나를 첫째로 발견하게 되실 것이다…."

왜냐하면, 다른 것은 생각하지 않고 내가 할 수 있는 모든 것을 다 하여 오직 하나님만 찾았기 때문이었다.

그런데 그 후 며칠 되지 않아, 한 사람이 나를 찾는다는 방송이 들렸다. 의아스럽게 여기며 가보니 나와 사귀다가 헤어졌던 여자친구였다.

몇 해 전, 대학졸업 후 병으로 아무것도 할 수 없었던 나는 바로 이웃에 있는 영어학원만 한 시간씩 수강하였다. 그녀와 같은 반에 있었으나 우리는 사귈 가능성이 전혀 없었다. 나는 병으로 인해, 그녀는 대학졸업 후 미국 유학 갈 준비 중이었기에. 그런데 어떤 우연한 일이 계기가 되어 대화를 나누고 친구가 되었다.

실은, 다른 반에 있던 한 아가씨가 나와 만남을 가지려고 나와 같은 반인 그녀를 통해 함께 찻집에 가자고 한 것이 시초였다. 하지만 이야기를 함께 나누다 보니 클래식 오페라 음악을 좋아하고 신앙을 갈구했던 나는 성악을 전공하였고 독실한 신앙인이었던 그녀와 오히려 대화가 잘 통했다. 그때도 속으로는 중병으로 힘들었으나, 외면적으로는 그렇게 보이지 않았던 것이다.

그녀는 내가 얼굴이 평안해 보였다고 하였고, 너무 얼굴이 희어서 폐병 말기인 줄 알고 신앙적인 도움을 주려 노력하였다고 나중에 들었다. 공감하는 주제들이 있다 보니 우린 점차 가까워졌다.

나는 그것이 부담이 되어 서로를 위해 선을 긋고자 나의 지병을 이야기하고 불치병인 것을 알렸다. 그런데 그녀는 "당신은 나을 수 있다."고 격려해주며 식생활 등 생활습관을 고치면 나을 것이라 하였다. 그러나 나는 첨단의학이 고치지 못하는 나의 병을 그런 간단한 방법들로 고칠 수 있다는 것은 믿겨지지 않았다.

그래도 나름대로 치료를 통해 반드시 회복하여 그녀와 결혼하리라 마음먹고 여러 치료를 간절한 마음으로 기도하며 열심히 받았다. 어떤 때는 용하다는 침술원에서 온몸에 백수십 곳을 매일 반년 동안 침을 맞기도 하였다. 그러나 아무것도 소용없이 나의 병은 더 악화만 되어갔었다.

그녀는 나의 질병으로 인한 부모님의 완강한 반대에 헤어지기를 여러 차례 겪었던 사람이었다. 어릴 때부터 봉사하는 삶을 꿈꾸었던 그녀는 나와 부모님 사이의 갈등으로 인해 소록도 나환자촌이나 고아원 같은 곳에서 봉사하며 평생을 살고자 가출 준비를 하다 발각되어 중단하였기도 하였었다.

여러 달 전에는 내가 헤어져 달라고 간청하여 헤어졌었다. 병고病苦만 해도 무거운데 여러 해 동안 만남과 헤어짐이 반복되는 그녀와의 관계까지 생각하기에는 견디기 더욱 어렵다고 생각되었기 때문이다. 그런 그녀가 그 멀리서 나를 찾아온 것이었다!

의아하고 반가운 마음이 들었다. 하지만 나는 하나님을 만나는 일에만 초점을 맞추고자 하였다. 왜냐하면, 임종을 앞두고 하나님만 찾는 심정이었으니까….

함께 잠시 그곳에 머물던 그녀는 분위기가 너무 소란하고 혼란스럽다고 하며 하산하여 기도하기를 권하였다.

하나님께서 '부르짖으라' 하셨다고 그렇게 소리 내어 고함치며 부르짖는 것을 뜻하지 않을 것이라 하였다. 세미 細美 한 음성을 들으시는 하나님께서 간절한 마음의 탄원, 눈물의 호소를 들으시지 않겠는가 하였다.

그러고 보니, 단상에서는 목회자들이 성령내리는 소리를 낸다고 "쉬~, 쉬~" 하며 인위적으로 소리를 지르고 있었고, 각종 전자 악기들로 소음을 고조시키고 있었다. 분위기가 혼란스러워 보였고 그녀의 말에 일리가 있어 보였다.

또한, 내가 다니던 교회 강도사 講道師 님이 올라오셔서 금식기도는 무기한 하는 것이 아니고 기한을 두고 하는 것이므로, 내려가서 식사하다 다시 기한을 정해 금식기도를 하는 방식으로 해야 된다고 하셨다. 그리하여 하산하게 되었다.

빛을 보다

그리하여 잠실에 있는 누님댁으로 내려왔고 조금씩 식사를 다시 시작하였지만, 그곳에서도 나는 매일 성경을 읽고 기도에 집중하면서 기도원에 있을 때와 같은 생활을 하였다.

그때, 기도원에 왔었던 그녀가 가까이 지내던 한 여집사님으로부터 한 책을 선물 받았는데, 천연치료법에 대한 책이었다. 한 교수님이 편저한 그 책을 읽으면서 그 책에서 인용한 엘렌 화잇 Ellen G. White 의 책들에서 발췌한 '8가지 천연치료제'에 대한 내용이 눈에 들어 왔다.

그 글들을 여러 쪽 읽어 나가며 나는 서서히, 그렇지만 확실히 어둠 가운데서 빛을 보는듯한 느낌을 가지게 되었다. 오랜 세월 수많은 치료를 하였었는데 왜 그 많은 치료들이 허사였는지 깨닫게 되었다. 그리고 어떻게 하면 회복될 수 있는지 그 답을 찾게 되었다. 그것은 나뿐 아니라 현대를 사는 많은 사람들에게 공통으로 적용되는 질병과 고통의 문제요, 그에 대한 치유의 길인 것을 깨닫게 되었다.

그것은 믿을 수 없이 단순한 것이었다!

원래 하나님께서 인간을 위해 계획하셨던 생활양식과는 너무나 많이 달라진 현대인의 나쁜 생활습관이 많은 현대병을 만들게 했다는 사실을 알게 되었다. 그리고 그런 질병들에서 회복되는 길은 생활습관을 고쳐서 하나님께서 사람을 만드실 때 계획하셨던 에덴에서의 생활습관으로 돌아가는 것이었다.

돌이켜 보면, 나는 아버님이 부산에 있는 한국 내 미국 석유 유통 회사 간부이셨기 때문에 어릴 때부터 서구적인 기름진 육식이나 정제 가공한 음식들을 즐겨 많이 먹었다. 그런데 깨닫고 보니 그런 선진화 先進化 된 음식으로 여겼던 음식들은 원래 하나님께서 사람의 먹거리로 주셨던 채식, 통곡식 음식과는 달리 필수적인 영양소들이 결핍된 식사들이었다. 우리 형제들 중 내가 특히 그러한 음식들을 더 잘 먹었고, 그것이 나만 나중에 중병에 걸리게 되는 데 큰 역할을 하였다.

현대인의 육식 섭취 증가가 각종 만성적 생활습관 질병에 미치는 영향이 지대한 것을 깨닫게 되었다. 각종 연구들은 육식과 함께 우유와 치즈 같은 유제품 섭취 증가는 암, 고혈압, 심장병, 당뇨병, 관절염 등 각종 만성적 생활습관 질환 증가에 영향을 끼친다는 것을 보여준다.

반면, 현미나 통밀과 같은 통곡식과 과일, 채소, 견과류는 인체에 필요한 모든 단백질, 탄수화물, 비타민, 무기질과 같은 영양소들을 함유하고 있으며, 섬유질이 많아서 생활습관 질병들을 예방하고 치유하는 역할을 한다.

하지만 현대인은 육식 증가와 함께 백미, 흰 빵 등 정제 식품과 설탕, 조미료 등 식품첨가물을 포함한 가공식품들을 많이 섭취함으로 인해 병약한 체질로 변하였다. 그뿐 아니라 운동하지 않고, 하루 일을 시작하기 전의 아침식사는 거르거나 부실하게 먹고 일을 마친 후 저녁식사는 늦게 많이 먹고, 간식을 먹고, 밤늦게까지 잠을 자지 않고, 물을 마시지 않는 등 자연에 거슬리는 생활을 한다.

자연의 순리에 역행하는 생활을 계속할 때, 몸은 한동안 견디지만, 그 한도가 지날 때 몸에 경고가 온다. 하지만 경고도 무시하고 계속할 때, 질병이 발병하게 된다.

이러한 습관 하나하나는 매우 영향력이 커서 매일 매일 누적되는 나쁜 습관의 결과는 백약 百藥 을 무효하게 만든다. 반면, 나쁜 습관을 버리고 건강 습관을 지속적으로 실천하는 것은 강력한 치유제가 된다.

이러한 점들을 깨달은 후 식단을 완전 채식과 현미 등 통곡식으로 바꾸려 하였을 때, 어머님께서는 내 몸이 더 약해질까 봐 걱정하셨다. 그런데 그때 마침 주요 일간지에 전면 기사로 육식과 채식의 지방, 단백질을 비교한 전면기사가 실렸다.

그 기사는 채식과 육식의 지방과 단백질을 자동차 휘발유에 비교하여 보여 주었다. 채식의 지방과 단백질은 고급 휘발유와 같고 육식의 지방과 단백질은 저질 휘발유와 같아서 저질 휘발유를 계속 사용하면 차에 이상이 생기는 것처럼 사람 몸도 육식 지방과 단백질을 계속 먹으면 병이 생길 수 있으니 그런 부작용이 없고 몸을 건강하게 만드는 채식 지방과 단백질을 먹으라고 권장하였다. 그래서 그

기사를 보여 드리며 어머님을 설득하여 식생활을 완전히 바꾸었다. 그리고 약도 다 끊었다.

그 후, 시간이 흐르면서 조금씩 나아지기 시작하였다. 현미 채식을 시작한 후 수년이 지난 후에 식당에서 혼자 식사를 할 기회가 있었다. 비빔밥을 사 먹었는데, 마침 소고깃국이 함께 나왔다. 이전에 잘 먹었던 음식이니 한 번쯤 먹는 것은 어떠랴 생각하고 먹었다.

그런데 그날 저녁부터 몸의 컨디션이 아주 나빠지면서 관절들에 다시 통증이 생겨 걸을 때 다리를 절뚝거리게 되었다. 이전에 아팠던 것처럼 몸이 무겁고 상태가 좋지 않았다.

왜 그럴까?

아내가 보고는 무엇을 먹었는지 물어서 곰곰이 생각하다 소고깃국을 먹은 이야기를 하였다. 아내는 그것이 원인이라 하였다! 그렇다. 다른 이유는 없었다. 이전에 이것저것 다 먹었을 때는 무엇이 좋은지 무엇이 나쁜지 몰랐으나 1년간 채식을 하여 피가 깨끗해지고 상태가 좋아진 후에 단 한 번 먹은 고깃국이 그렇게 큰 영향을 미칠 수 있다는 것을 그때야 깨닫게 되었다. 그리고 놀랐다!

그러니 지속적으로 그러한 음식을 먹는 것은 당연히 병을 스스로 만드는 일인 것이다. 나의 경우, 이것을 깨닫고 생활습관을 건강한 방향으로 바꾼 것이 체질을 변화시켰고 신체의 자연치유력을 강화시켜서 기적적인 회복을 경험하게 한 밑바탕이 되었다.

"잘 먹어야 병을 이긴다."는 말을 투병 중에 많이 들었다. 의료인들로부터도 마찬가지였다. '잘 먹는다.'는 말은 대체로 지방과 단백질이 많은 육식을 많이 하는 것을 의미한다. 그래서 식당에 가더라도 나는 꼭 갈비탕, 설렁탕, 육개장과 같은 음식을 시켜 먹었는데 후에 알고 보니 그런 음식들이 오히려 내 건강을 해치는 음식들이었다.

그런 기름진 음식을 먹으면 몸이 산성화되고, 염증과 통증을 더 많이 일으키게 된다. 그렇지 않아도 관절의 염증으로 인해 열이 나고 통증이 있는데, 기름진 음식을 먹는 것은 불에 기름을 넣는 것과 같이 열이 더 나게 하고 통증을 심하게 만들고 악화시킨다.

그 후 장기간 채식을 하면서 장이 깨끗해져서 달라진 것은, 육식할 때 단백질에서 분해된 암모니아, 질소, 메탄가스 등 성분들로 인해 화장실에 가거나 방귀가 생기면 나던 악취가 사라진 것이다. 그것이 채식하는 우리 가족의 공통된 현상인 것을 발견하게 되었다. 장이 깨끗하다면, 혈액이 깨끗해져서 장의 질병들뿐만 아니라 다양한 질병들을 예방할 수 있게 된다.

기도원에 찾아왔었던 그녀는 건강식생활 등에 대한 지식을 가졌기에 내가 나을 수 있다고 확신했었다. 그래서 중환자인 나와 1985년 1월에 결혼하여 아내가 되었다.

어릴 때부터 독신으로 봉사하는 삶을 살고자 했던 그녀는 대학생 때 우연히 결혼세미나를 통해 결혼이 하나님이 축복하신 제도임을 깨닫고 결혼하여 함께 일한다면 2배로 일할 수 있으리라 믿고 결혼을 위해 한 가지만 기도하였다고 한다. 자신과 같은 믿음을 가지고 함께 일을 할 사람을 만나게 해 달라고.

이화여대에서 성악을 전공하며 큰 집회들에서 특창을 하였던 그녀는 나와 사귀면서 많은 사람을 위해 일할 사람이 환자 한 사람만 위한다고 반대하는 소리도 들어야 하였다.

미국 대학원에 유학가기 전에 영어학원에 다니다 나를 만난 관계로 그녀의 인생행로는 완전히 달라졌다. 나와 같은 불치병 병자와 결혼하려 가족 가운데서도 많은 어려움을 겪어야 하였다.

미국 나사 NASA 에서 근무하는 박사가 결혼하면 미국유학을 시켜주겠다는 등 최고의 혼처자리 중매 및 구애가 들어오는 것을 다 마다하고 불치병 환자를 평생 간병하고 수발해야 하는 힘든 일을 선택을 하였으니 도저히 있을 수 없는 일이었다.

그런 이해할 수 있는 부모님의 반대로 인해 여러 번 헤어졌던 우리는 하나님의 개입하심으로 결혼하게 되었고, 그녀는 지성껏 나의 회복을 도왔다. 내가 회복한 후에는 나와 함께 건강교육 일을 하기 위해 식품영양학을 공부하여 영양사가 되어 함께 일해 오고 있다.

현대병은 원인이 된 나쁜 생활습관들을 버리고 좋은 습관들을 실천하게 되면 많은 경우에 놀랍게 회복될 수 있다. 이것은 오랜 기간 체험하고 관찰하고 교육을 하면서 얻게 된 확신이다. 여기서는 3가지 사례를 들고자 한다.

사례 하나, 나는 참된 치유의 길을 깨닫고 몇 해 후에, 여수에 봉사활동을 한 주 동안 갔었다. 그곳에서 나와 같은 강직성 척추염으로 2년째 투병하며 방에 누워만 지내던 30세 가장인 한 남자가 있으며 도와주면 좋겠다는 이야기를 듣고 방문하였다.

제 1부 투병과 세상의학적 치료

사연을 듣고 보니 그는 외항선원으로 여러 해 일을 하였는데, 수 개월씩 배를 타고 나가면, 신선한 채소와 과일은 먹지 못하고 통조림에 든 고기와 흰 빵, 흰쌀만 계속 먹었다고 하였다. 그렇게 식생활을 하면, 신선한 채소와 과일에서 얻을 수 있는 비타민과 무기질이 부족하여 병에 걸리기 쉽다. 그래서, 나는 현미 채식으로 바꾸는 것 등 성경의 건강 원리에 대해 며칠 동안 전하며 실천하도록 권하고 돌아왔다.

그런데 반년 후에 그 남자가 내게 감사 카드를 보내며 소식을 전하여 왔는데, 그가 회복되어 아버지가 운영하는 슈퍼마켓에 오토바이로 물건을 구입하여 실어 나르는 일을 하고 있다는 놀라운 소식이었다!

사례 둘, 미국 거주 한인 의사 한 분은 중년에 관절염으로 한쪽 무릎이 자주 붓고 아파서 관절 전문의의 치료를 받았는데, 며칠마다 부은 관절 속 액체를 뽑고 진통제, 소염제 치료만 하였다.

그때, 부인이 정사영 박사 만성 신부전증 환자로서 인공신장기로 생명을 연장해 오다가 자연식으로 완치됨. 한국민에게 '기적을 낳는 현미'라는 책으로 현미식을 소개한 의사 에게 연락하여 자문을 구한 결과, 식사를 백미에서 현미로 바꾸어 하게 되었다.

며칠이 지난 후, 그 의사의 경험으로는 새벽 기도를 하려고 하면 오른쪽 무릎이 굽혀지지 않고 아파서 늘 오른쪽은 90도로 세우고 기도를 했었다고 한다. 그런데 그 날따라 아무 생각 없이 양 무릎을 꿇었는데 아무렇지도 않았다. 갑자기 치유가 되었다는 생각이 들어 펴보고 굽혀봐도 전혀 부담이 없었고 부기도 없었다. 그때 이후로 재발 된 적도 없었고 다른 아무 문제도 없었다. 그분의 동료인 관절염 전문의에게 그 경험을 이야기했더니 그는 음식과 관절염과는 무관하다고 일소에 붙이고 말았다고 한다. 현대의학이 이런 면에 대해 완전히 무지하였던 시절의 일이다.

사례 셋, 수년 전 아내와 함께 실시한 건강캠프에 30대 전문직 여성이 7년간 심한 두통과 위장장애로 고통을 겪다가 마지막 희망을 가지고 참석하였다. 지속적인 고통에 시달리다 우울해진 그녀는 어린 딸을 두고 자살을 생각하기도 하였다. 그녀는 올바른 식생활습관에 대한 강의를 매일 1시간씩 들었다. 4일째 되는 날, 그녀가 환한 얼굴로 힘차게 아내에게 외치듯 말하였다.

"제 병의 원인을 알게 되었어요! 저는 이제까지 선생님의 강의와 완전히 반대로 생활하며 살아왔어요. 아침은 건너뛰거나 때우는 식이었고 여섯 살 되는 딸아이 점심으로 일회용 라면을 보냈어요. 이 강의를 들으면서 사랑하는 아이와 남편에게 얼마나 미안한 맘이 들었는지 모르겠어요. 그리고 운동은 생각도 못 했고, 간식을 먹었고, 저녁식사는 늦게 하면서 기름진 음식으로 과식하였어요. 저의 두통과 위장장애의 근본 원인을 이제야 알게 되었어요!"

그다음 날 아침에 그녀는 웃음 가득한 얼굴로 인사하며 여기 와서는 잠도 잘 자고 두통도 없어졌다며 기뻐하였다. 가정에 돌아간 후에 소식을 보내왔는데 사랑하는 가족을 위해 아침에 더 일찍 일어나 영양 있는 식사를 준비하고 딸 점심 도시락도 만들어 주느라 무척 바쁘지만 기쁘게 하고 있다며 행복을 느낀다고 하였다. 그리고 직장 동료들에게도 배운 지식들을 나누며 의미 있게 살고 있어 감사하다는 내용이었다.

이렇게 잘못된 생활습관을 건강에 좋은 생활습관으로 변화시키면 건강이 이와 같이 속히 회복할 수도 있다. 건강이 악화되어 병에 걸리는 것은 시일이 오래 걸릴 수 있으나 몸은 정상으로 복구하고자 하는 속성을 가지고 있으므로 세포가 좋아하는 환경을 심신心身으로 만들어 줄 때 신속히 반응할 수 있다. 나 자신의 경우와 같이 오래되고 중증 질환은 회복에 시일이 걸릴 수도 있다. 하지만 건강습관을 꾸준히 실천하면 그것은 부작용 없이 심신에 유익한 영향을 확실히 가져다준다.

나는 10년 이상 헤아릴 수 없이 많은 약과 주사, 침 등 각종 치료를 받았지만, 매일 병을 만들어 가는 생활습관을 계속하였기 때문에 백약이 무효였다는 사실을 깨달았다. 매일 마음과 몸으로 병을 만들어 가는 생활을 하면서 아무리 좋은 약을 쓴다 할지라도 효과가 없는 것은 당연한 것이다. 병을 키워가는 잘못된 생활습관의 가중되는 힘을 약물치료로 되돌릴 수가 없는 것이다. 적은 것이 지속적으로 반복되어 쌓일 때 그것은 태산과 같이 커진다.

대부분의 현대병들이 불치병으로 불리우지만, 병의 원인을 그대로 두고 증상만 치료한 결과만 가지고 불치라고 선고하여도 낙담할 필요가 전혀 없다. 그리고 스스로 병을 만들고 하늘을 원망하는 것도 어리석은 일이다.

이것은 고혈압, 당뇨병, 심장병, 관절염, 뇌졸중, 암, 천식, 신장병 등 다양한 생활습관 질환에 있어서 공통된 현상이다. 이 책에서는 이 질환들 치료에 있어서의 공통적인 문제들을 살펴보고자 한다.

현대인의 건강과 생명을 위협하는 질병 중 암과 같이 많은 사람을 두렵게 하고, 병들게 하고, 사망케 하는 질병은 없다. 이제 암은 누구라도 걸릴 수 있는 시대이다.

그래서 암 사례를 통하여 일반적으로 시술되는 현대 서양의학 ^{현대의학} 의 한계와 이유를 살펴보고 그를 뛰어넘는 대안을 살펴보고자 한다.

현대의학은 많은 질병에 치료방법도 제각각으로 수없이 많지만, 몸과 마음과 영 ^靈 을 하나로 보는 전인치유 ^{全人治癒} 방법은 개별 질병을 치료하는 것이 아니라 인체의 면역력을 높여서 자연치유력으로 질병을 치유하기 때문에 한 질병에 좋은 것은 다른 질병에도 유익한 치유 영향을 미친다. 그러한 의미에서 암 치료 문제와 치유 방법을 알게 되면 다른 생활습관성 질환들의 치유 방식을 알 수 있게 될 것이다.

2장 현대의학적 치료의 한계

현대의학의
암과의 전쟁

　1970년대 초, '뇌암'에 걸린 여주인공의 이야기를 다룬 리칭 주연의 '스잔나'란 홍콩 영화를 보면서 '암'이라는 그 당시 희귀병에 대해 두려움을 크게 느낀 기억이 있다.

　그런데 지난 40년 동안 암은 전염병과 같이 급격하게 증가하여 이제 거의 2~3명 중 1명이 암에 걸리는 시대가 되었다. 통계적으로도 모든 가족에게 암 환자가 생길 수 있는 시대라 할 수 있는데, 과거 인류 역사에 이런 이상한 시대가 없었다.

　2011년 보건복지부 발표에 의하면 한국인이 평생 살 동안 암에 걸릴 확률은 36% 정도로, 약 3명 가운데 1명이 평생에 한 번은 암에 걸리는 것으로 분석됐다.[1] 미국인은 남자는 2명 중 1명, 여자는 3명 중 1명이 암에 걸린다.[2]

1　보건복지부. (2011.12.29). 한국인 평생 암 걸릴 확률 36%. 한국일보.

2　SEER. (2013, June 14). Cancer Statistics Review (CSR) 1975-2010.

미국은 2030년까지 암 발생이 45% 증가해서 매년 230만 명이 암이란 진단을 받게 될 것으로 예상되고 있다.[3]

세계보건기구가 발표한 바에 따르면, 세계적으로 2012년에 1,400만 명에게 암이 발병하였고, 20년 후에는 2,200만 명으로 증가하고, 암 사망자 수는 820만 명에서 1,300만 명으로 증가한다고 한다.[4] 엄청나게 암 환자가 증가하고 있는 것이다.

암 발병 요인에 관한 미국국립암연구소 보고에 의하면, 암 요인은 5~10%는 유전적이고, 90~95%는 흡연, 나쁜 식생활, 음주, 스트레스, 비만, 운동부족 등 생활습관 및 환경적 요인으로 꼽는다. 즉, 생활양식의 급격한 변화가 급격한 암 발병을 불러온 것이다.

현대 서양의학 현대의학 은 여러 장점을 가지고 있다. 세균성 질병인 결핵, 콜레라 등 전염병 퇴치에 크게 공헌한 바 있고, 전쟁이나 사고 등 위급상황에서 신속한 대처하는데 뛰어나다. 그리고 손상된 무릎 등 신체 기관을 효과적으로 대체하며, 성형수술을 훌륭하게 해낸다. 이러한 여러 분야에 있어서 현대의학의 공적과 필요성은 누구도 부인할 수 없을 것이다.

---

3 Smith, B.D., Smith, G.L., Hurria, A., Hortobagyi, G.N., Buchholz, T.A. (2009). J Clin Oncol. 10:27(17):2758-65.
   Future of cancer incidence in the United States: burdens upon an aging, changing nation.

4 Hume, T., Christensen, J. (2014, Febrary 14). WHO: Imminent global cancer 'disaster' reflects aging, lifestyle factors. CNN.

그러나 현대인이 고통을 겪고 있는 생활습관 질환 치료엔 현대의학이 기대한 만큼 효과적이지 못한 것을 보여 주었다. 현대의학은 암 질환에 대한 대응으로 3대 요법인 불태우고 방사능치료, 독살하고 화학요법, 제거하는 수술 방식을 취하여 왔다.

하지만 『뉴스위크 Newsweek 』지에 의하면 미국은 1971년 닉슨 대통령이 '암과의 전쟁'을 선포한 이래 40여 년간 2조 달러라는 천문학적인 돈을 투입하고 암 정복에 나섰으나 지난 2008년 암에게 졌다고 선언하였다.[5]

이 기사에 의하면, 의학자들이 암세포의 증식, 확산시키는 길을 차단시켜서 암이 제거되었다고 생각하는 순간 암세포는 다른 통로를 만들어 거침없이 확산시켜 나간다. 그래서 암전문의이며 미국 암학회 수석 의료책임자인 오티스 브로리 Otis Brawley 박사는, "하나의 암세포는 100명의 총명한 암 과학자보다 더 지혜롭다."고 하였다. 2012년에는 세계적인 암전문가 100명이 한곳에 모여 암과의 전쟁 상황을 검토하였으나 그 전망 역시 비관적이었다.[6]

암은 전신 질환으로 수술로 암세포 하나하나 전부를 제거하는 것은 불가능하고, 방사선 치료 역시 암덩어리를 줄일 수는 있으나 모두 없애지는 못한다. 화학요법도 암을 잠시 억제할 수는 있지만 완치

---

5   Begley, S. (2008, September 6). Newsweek. We Fought Cancer…And Cancer Won."

6   Connor, S. The Independent. (2012.10.30). Are we losing the war on cancer?

할 수는 없고, 횟수를 거듭할수록 면역력과 체력은 떨어지고, 암은 돌연변이 과정을 거쳐서 치료에 저항하게 된다.

화학요법이나 방사선치료법은 암세포를 사멸시키지만 동시에 면역세포도 사멸시켜 신체 면역력을 저하시켜 생명을 위태롭게 한다. 항암치료와 방사선치료로 면역력이 정상인의 절반도 안 되게 떨어진 암환자들의 경우 감기나 폐렴에만 걸려도 이겨내지 못하고 사망하는 경우가 많다.

골수암으로 고통받던 50대 여성 환자 한 분은 화학요법 치료를 받고 암이 절반이나 줄었다고 기뻐하였지만, 항암치료 부작용으로 인해 적혈구와 혈소판이 바닥나고 매우 힘들어하였다. 그래서 중단하고 자연치유를 하기를 권하였는데 조금만 더 받겠다고 하더니 다음 달에 사망하고 말았다. 항암치료를 받지 않았거나 중단하였다면 그렇게 고통받지 않고 수명을 연장할 수 있었을 것을 생각하면 매우 안타까운 마음이 든다. 사실, 항암치료를 받다 너무 고통스러워서 견디지 못하고 중단하는 환자들이 많다. 항암치료를 시작하지 않았던 것이 오히려 나았을 환자들이 많은 것이다.

왜 그런지 알아보자. 미국 국립암연구소 빈센트 데비타 Vincent DeVita 소장은 이미 1985년 의회 보고에서 다음과 같이 밝혔다. "항암제에 의한 화학요법은 무력하다. 암세포는 즉시 자신의 유전자를 변형시켜 '반항암제 유전자'로 내성을 키운 다음 항암제를 무력화시키기 때문이다."

근자에는 정상세포를 보호하고 암세포만을 공격하는 이론으로 표적치료제가 개발되어 기대를 모았으나 그것도 일반 항암제보다 부작용이 현저히 줄지 않아 여전히 환자를 힘들게 하며, 암의 궁극적 치료제가 아니고 암세포 활성을 약에 대한 내성이 생길 때까지만 일시적으로 억제해줄 뿐이다. 또한, 비용이 비싸 치료비 부담이 엄청나게 가중되는 문제점도 있다.

세계적인 면역학자이며 일본 니카다의대 교수이며 암전문의인 아보 도오루 安保徹 박사는 '항암제, 방사선치료, 수술'이라는 암의 3대 요법이 오히려 암 치료를 막는다고 한다. 요컨대 면역력이 떨어져서 암이 생겼는데, 면역력을 더욱 떨어뜨리는 항암치료는 치료방법 자체가 잘못되었다는 것이다.

하버드 의대 연구진은 항암치료를 받게 되면 암 전이를 저지하는 면역세포인 혈관주위세포 Pericytes 들이 박멸되고 심각하게 전이가 될 가능성이 3배가 올라간다는 연구 결과를 학술지 『Cancer Cell』에 발표하여 충격을 주었다.[7]

또한, 프레드 허친슨 암연구센터 Fred Hutchinson Cancer Research Center 연구진은 항암 치료를 받은 정상세포들이 파괴될 때 'WNT16B'라는 단백질 물질을 방출시키며, 바로 이 물질이 이웃 암세포들에 의해 먹힘으로 인해 암세포 성장을 촉진시키고, 전이시키고, 치료에 저항하도록 만든다고 『Nature Medicine』에 발표하였다.[8] 즉, 항암 치료가

---

7   Kalluri, Raghu. (2012, January 17). "Study Shows How a Group of Tumor
     Cells Prevent Cancer Spread—Paradoxical discovery finds that pericyte
     cells help prevent metastasiṣ"Cancer Cell.

8   Sun Y, Campisi J, Higano C, Beer TM, Porter P, Coleman I, True

오히려 해가 될 수 있음을 경고한 것이다. 그리고 항암 화학요법의 부작용으로 인한 사망 위험이 암 자체 사망 위험보다 심각하다는 영국에서의 연구결과[9]가 나왔다.

이 연구는 암 치료제가 일부 병원에서 환자의 50%를 죽이고 있다는 것을 보여준 후에 환자들에게 항암 화학요법의 위험에 대해 경고할 필요가 있다고 하였다.

연구가들은 최초로 국가 수준의 조사를 실시했다. 화학 요법 시작 30일 이내에 사망한 암환자의 수를 조사했는데 그 결과 암이 아니라 약물이 사망 원인이라는 것을 발견할 수 있었다.

이 연구는 2014년 화학요법을 받은 23,000명의 유방암 여성 환자와 약 10,000명의 비非 초기 남성 폐암 환자를 대상으로 화학요법에 따른 사망률에 대한 첫 조사를 실시한 결과 이들 가운데 1,383명이 치료 30일 이내에 사망했다.

연구가들은 노인과 건강이 좋지 않은 사람들이 30일 동안 사망 위험이 높아졌음을 확인했다. 의사들은 유익보다 피해를 더 끼칠 수 있는 환자에게 치료를 권고하는 것은, 보다 신중해야 한다고 충고하였다.

L, Nelson PS. (2012). Treatment-induced damage to the tumor microenvironment promotes prostate cancer therapy resistance through WNT16B. Natural Medicine. 18(9):1359-68.

9   The Lancet. (2016, August 30). Nationwide study sets benchmarks for 30-day mortality following chemotherapy for breast and lung cancer in England. ScienceDaily. Retrieved August 2, 2017 from www.sciencedaily.com/releases/2016/08/160830211702.htm

암환자 5년 생존율 70% 돌파 뉴스가 나온 것과 같이 암환자의 5년 생존율은 날로 높아가고 있다. 그 이유는 조기발견의 경우 5년 생존 가능성이 상대적으로 높기 때문이다. 하지만 이는 암 조기진단 열풍이 불고 있는 가운데 진단기술의 발달로 나타난 수치이지, 암 치료기술의 발달로 높아진 것이 아니다.

과잉진단이라는 부작용이 점차 더 큰 사회적 문제가 되고 있는데, 그것은 가만히 두어도 심각한 증상이나 사망을 초래하지 않았을 질병까지 발견해 낸다는 것이다. 과잉진단은 결과적으로 불필요한 치료로 이어지게 되며 그 과정에서 각종 심각한 부작용과 조기 사망까지 초래하곤 한다.

의학적으로 판단하는 5년 생존율을 신뢰할 수 없는 것은 통계에 불리한 것은 빼고 유리한 것은 추가해 넣었기 때문이고, 환자들의 건강상태나 삶의 질을 전혀 반영하지 않은 것이기 때문이다.[10]

의사들은 암을 치료하는 과정에서 다른 부위에 새로운 암이 생겨도, 기존에 치료하던 부위에서 암이 사라지면 완치로 간주한다. 그리고 치료를 포기한 환자, 다른 질병으로 사망한 환자는 통계에서 제외한다. 여기에 '5년 생존율'이 치료를 하나 않으나 마찬가지로 100%에 달하는 갑상선암도 합산해서 평균치를 낸다.

또한, 5년 동안 병원 입원상태이든, 식물인간 상태이든, 항암 치료 고통과 후유증이 얼마나 심각하든, 암 진단을 받은 지 5년이 지나서도 살아있기만 하면 모두 생존율에 포함하는 것이다.

---

10 http://www.factoll.com/page/news_view.php?Num=2623

일부 의사들은 현대의학적 암치료가 오히려 암환자의 생명을 단축시키고 고통을 증가시키며 부작용으로 인해 사망케 한다고 경고한다. 의사들 중에도 항암치료를 거부하고 대체의학을 통해 자신의 암을 완치한 경우가 적지 않다.

한 예로, 미국의 UC 샌프란시스코 의대 교수이자 저명한 외과의사인 로렌 데이 Lorraine Day 박사는 유방암에 걸려서 고통당하다가 식이요법을 주로 한 대체의학적인 치료방법으로 회복하여 그 방법을 전파하며 유명해졌다. 데이 박사는 이미 많은 암환자들이 고통스럽고 파괴적인 치료방법 때문에 죽는 것을 알았기에 화학요법과 방사선요법, 수술을 거부하였다.

데이 박사는 말하기를, "암은 별다른 질병이 아니며 큰돈을 들이지 않고도 회복할 수 있다. 그리고 회복 후엔 더 건강해지기도 한다. 암은 곧 죽을병이란 인식이 퍼진 건 관련 산업에 엄청난 재정적 이권이 걸려 있기 때문이다."라고 하였다.

암 관련 산업은 세계적으로 수천억 달러의 거대 산업이다. 암이 없거나 치유할 수 있으면 많은 제약회사나 병원이 문을 닫아야 한다. 사실, 의약 시장은 대중의 공포심을 바탕으로 형성된 시장이다. 생명에 아무런 지장을 주지 않아 문제가 없을 정도로 작은 크기의 암마저 불필요하게 과잉 검사·검진·치료함으로 야기시키는 큰 부작용과 많은 논란 역시 이에 막대한 이권이 걸려 있기 때문이다.

제약회사들은 거대 자본을 가지고 끊임없이 획기적인 신약 개발이라는 마케팅으로 환자들을 유인하지만, 신약 실험 때 종종 긍정적인 결과만 발표하고 부정적인 결과는 발표하지 않는 방법으로 사실을 왜곡시키고 있다.

　권위있는 메요클리닉 Mayo Clinic 이 10년간 신약·신기술 시술 결과를 조사한 발표에 의하면 그중 40%는 환자를 돕기보다 오히려 해가 된 결과를 가져 왔다. 그래서 이전의 시술 방법으로 돌아갔고, 22%는 결론이 나지 않았고, 38%만 인정되었다. 이는 신약·신기술 시술이 치료비만 높이면서 아무런 도움이 되지 않거나 해를 입힐 수 있음을 보여 주고 이전 시술로 돌아가는 사례도 흔하다는 것이다.[11]

　환자 안전 저널 Journal of Patient Safety 에 발표된 보고서에 의하면 미국에서 매년 40만 명 이상이 병원 오진과 처방된 의약품 부작용으로 사망한다[12]는 깜짝 놀라게 되는 사실을 알 수 있다. 잘못된 병원 치료가 심장병, 암에 이어 미국인 세 번째 사망 원인으로 이어지고 있는 것이다.

　『뉴욕타임즈 New York Times 』는 이러한 연구 결과로 인해 병원에 가는 것이 좋은 것이라고 판단해왔지만, 그것은 사실 종종 치명적인 일이 될 수 있고, 대부분의 사람들이 하는 가장 위험한 일이 될 것이라고 경고한다.[13]

11　Prasad V, Vandross A, Toomey C, Cheung M, Rho J, Quinn S, Chacko SJ, Borkar D, Gall V, Selvaraj S, Ho N, Cifu A. (2013). A decade of reversal: an analysis of 146 contradicted medical practices. Mayo Clinic Proceedings. 88(8):790-8.

12　John T. J. (2013). A New, Evidence-based Estimate of Patient Harms Associated with Hospital Care. Journal of Patient Safty. 9(3):122-8.

13　Rosenberg, T. (2013.12.4). To Make Hospitals Less Deadly, a Dose of Data. The New York Times.

『뉴스위크』는 2011년 "당신을 살릴 수 있는 한가지 말: 아니오! One Word that Can Save Your Life: No! "라는 제목의 표지기사[14]를 실었다.

CT 검사, 유방 X 선 사진 촬영, 대장 내시경 검사, 약물치료, 스텐트 등의 의료 검사 및 절차에 관해서는 당신의 생명을 구할 수 있는 한 단어는 다음과 같다는 것이다. "아니오!"

이 기사에는 다음과 같은 내용들이 담겨 있다.

브라운 대학교(Brown University) 의대 스티븐 스미스(Stephen Smith) 박사에 의하면, 전립선암에 대한 PSA 혈액 검사, 불규칙적 심장에 대한 심전도 검사, 유방 조영술의 경우, 너무 많은 가짜 양성 (false positives) 반응들이 나타나서 "위험한 시험 및 절차의 여정

---

14 Sharon, B. (2011. August 14). "One Word that Can Save Your Life: No!" Newsweek.

(旅程: odyssey)"을 이끄는 것으로 나타났다. 연구 결과에 따르면 이러한 검사들이 생명을 구하는 것으로 나타나지 않았다.

캘리포니아 대학 University of California 의 의학 교수인 리타 레드버그 Rita Redberg 박사는 더 많은 건강 관리가 종종 더 나쁜 건강 관리를 의미한다고 말한다. 그리고 "검진하지 않고, 촬영하지 않고, 치료하지 않는 것이 실제로 더 나은 건강 결과를 가져오는 많은 의료 분야들이 있다."고 말한다.

미국 의학 협회 American Medical Association 가 소유하고 있는 기록 보관소 Archives 는 검사들과 치료들이 유익보다 해를 더하고 있다는 연구 결과를 거듭하여 발표하고 있다. 기사에 나온 실제 사례들을 보자.

적어도 5개의 대형 무작위 통제 연구에서 경미한 가슴 통증을 가진 것보다 더 나쁜 것이 없는 안정적인 심장병 환자를 위한 치료법들을 분석하였다. 이 연구들은 몸에 칼을 대는 외과적인(invasive) 치료 방법들을 비교하였는데, 이에는 외과의사가 플라크(plaques)라고 불리는 지방성 침착물을 분쇄하여 막힌 혈관을 기계적으로 넓히는 혈관 형성술, 스텐트 삽입술, 철망으로 혈관 확장술, 차단된 혈관에 새로운 혈관을 접목하여 우회하는 수술이 포함되었다. 모든 연구 결과에 따르면 수술 절차가 생존율이나 삶의 질을 향상시키는 데 있어서 비외과적(noninvasive) 치료 방식인 약물(베타 차단제, 콜레스테롤 저하 스타틴, 아스피린), 운동 및 건강한 식단을 포함한 치료법보다 못하였다고 한다. 게다가 외과적인 치료방식은 훨씬 비싸다. 예를 들면 스텐트 시술 비용은 연간 16억 달러가 넘는다.

CT 스캔과 다른 영상에 나타나고 오랫동안 심장 발작을 일으키는 것으로 추정되어 온 큰 폐색물들은 대개 그렇게 하지 않은 반면에 그것을 치료 시술하는 것은 그렇게 할 수 있음이 밝혀졌다. 노스 캐롤라이나 대학(University of North Carolina)의 의학 교수인 노린 해들러(Norin Hadler)는 수술로 이러한 폐색물들을 파괴시키면 작은 혈관들에 파편이 많이 뿌려짐으로 인하여 심장마비나 뇌졸중을 유발할 수 있기 때문이라고 하였다. 매년 수행되는 500,000건의 선별 혈관 성형술(최소 각각 50,000달러) 중 다수가 약, 운동 및 건강식 섭취로 더 많은 혜택을 볼 수 있는 환자들에게 시행되었다.

일부 의학 암 전문의들과 환자들은 진보적인 전이성 암을 가진 환자들에게 화학치료 요법은 환자의 시간을 사는 것이라고 믿는다. 그러나 그것은 2015년 7월 23일 권위 있는 의학 전문지인 『JAMA 종양학지 JAMA Oncology』에 발표된 연구로 인해 명백히 논박되었다.

『타임지 TIME magazine』[15]에서 '화학요법이 유익보다 해를 미칠 때 When Chemotherapy Does More Harm than Good'라는 제목으로 소개된 이 연구는 470명의 말기 암환자를 추적 조사하여 사망할 때까지 중간치 3.8개월 화학 요법 사용과 삶의 질과 활동 수행 상태와의 관련성을 조

---

15 Park, Alice. (2015, July 23). "When Chemotherapy Does More Harm than Good." *Time* magazine.

제 1부 투병과 세상의학적 치료

사하였다.[16]

그 결과, 전반적으로 화학치료 요법이 삶의 질을 향상시키지 못하였고, 놀랍게도 실제로 활동 수행 상태가 좋은 환자들의 삶의 질이 악화되었다. 연구팀은 다음과 같이 요약했다.

'말기 암환자의 삶의 질은 개선되지 않으며, 상태가 좋은 상태의 환자조차도 화학요법으로 해를 입을 수 있다.'

『시한부 3개월은 거짓말』은 30여 년 동안 일본 게이오대학병원 방사선과에서 암환자를 진료하고 있는 곤도 마코토 박사가 암 치료법에 관한 근본적인 문제를 제기한 책이다. 그는 의사들의 3개월 시한부 선고는 환자를 겁에 질리게 하여 자신들이 의도하는 치료로 몰아가기 위한 수단이라고 주장하면서, 되도록 수술을 자제하고 항암제 치료를 최소화해 환자의 삶의 질을 높이면서 수명을 연장해야 한다고 강조한다.

그의 경험에 의하면 다른 의사한테서 시한부 3개월 선고를 받고 현대의학의 3대 표준치료를 받지 않으려고 자신에게 온 환자들 중 몇 개월 안에 세상을 떠난 사람은 하나도 없다고 말한다. 또한 건강한 사람이 순식간에 딴 사람처럼 모습이 변해 세상을 뜨는 것은 암 치료 때문이라고 한다. 곤도 박사는 암을 수술하지 않고 지켜보는데, 항암제는 효과가 없고 검진은 백해무익하며, 암은 원칙적으로 방치하는 편이 낫다고 주장한다.

---

16 Prigerson, H.G., Bao, Y., Shah, M.A., et al. (2015). Chemotherapy Use, Performance Status, and Quality of Life at the End. JAMA Oncology. Vol. 1, No. 6, pp. 778-784. doi: 10.1001/jamaoncol.2015.2378.

2장 현대의학적 치료의 한계   49

『의사에게 살해당하지 않는 47가지 요령』역시 곤도 박사가 지은 베스트셀러 책으로 일본 사회에 반향을 불러일으키고 있는데 다음과 같이 말한다.

'암에는 진짜암과 유사암이 있어 유사암은 방치해도 진짜암으로 발전하지 않는다. 진짜암은 현대의학으로 완치할 수 없으니 수술과 항암제 치료를 받아봐야 고통만 가중시키고, 생명을 단축시킬 뿐이다. 어느 쪽이건 수술을 하지 않는 쪽이 고통이 적고 오래 산다.'

이 글을 적으면서 나 자신이 직접 경험한 일이 생각난다.

2003년 이곳 미국에서 학업과 상담하는 일을 병행하다 과로하여 배탈이 나고 열이 나서 대학병원에 입원하게 되었다. 여러 날 동안 각종 검사를 계속하고 중환자실에 10명의 다양한 전문의들이 찾아와 지속되는 고열의 원인을 찾고 투약을 하다 보니 온몸에 발진이 생기고 혀가 말려 말은 못 하고 정신이 혼미한 상태가 되었다. 그리고 다리와 발은 퉁퉁 부어서 터질 듯하였다. 방문한 사람들은 내가 생명이 위태로운 것을 감지하였다.

남편의 갑작스런 사망의 위기 앞에서 아내는 기도하는 가운데 수치료 水治療 를 하라는 영감을 갖게 되었다. 그녀는 발의 온도를 덥게 하면 혈액순환을 촉진시키고 머리의 열이 아래로 내려오는 원리를 기억하였다. 그래서 의사의 허락과 간호사의 보조를 받아 따끈한 물에 발을 담그고 몇 분간 마사지하고 찬물로 씻고 닦았다.

그동안은 지속되는 고열을 해열제로 떨어뜨려도 약효가 떨어지면 열이 다시 올랐는데, 수치료를 하니 약을 사용치 않고도 즉시 열이 떨어졌다. 그 후 수치료를 할 때마다 열이 떨어지는 것을 지켜본 간호사가 나중엔 아내의 수치료를 적극 거들어 주었다. 그 후 6일 동안 매일 한두 번의 수치료를 거듭하였을 때마다 고열은 떨어졌고 결국 다시 오르지 않게 되었다. 그로 인해 결국 25일간의 입원을 마치고 퇴원할 수 있었다.

간단한 수치료는 위험한 부작용 없이 인체의 혈액순환을 촉진하고 인체 항상성을 정상화시켜 치유케 하였던 것이다. 우리는 현대의학이 지닌 한계를 인식하고 신체의 자연치유력을 높여 주는 새로운 치료, 치유의 방안을 모색할 필요가 있음을 다방면으로 알 수 있다.

고비용 · 저효율의
현대의학적 치료

현대의학적 치료는 통증이 생기면 진통제, 열이 오르면 해열제, 혈압이 오르면 혈압강압제를 준다. 이 약물들은 강한 효과로 인해 속히 증상이 사라지기에 환자는 나았다고 착각하게 된다. 그러나 완치요법이 아니므로 계속 약물을 사용해야 하고 인체가 약에 의존하다 보면 자체 치유력이 상실되어 합병증만 더 생기게 된다. 그러면 약종류가 더 늘어나는 악순환이 되고 인체가 망가지게 된다.

그러면, 암을 없애는 것이 불가능하며 환자를 죽일 수도 있는 치명적인 부작용에도 불구하고 왜 항암치료에 그토록 매달리는 것일까? 그것은 달리 '대안이 없다'고 보기 때문이다.

또한, 환자들은 자신의 몸에 암 덩어리가 남아 있는 상황을 못 견디 한다. 그렇다면, 암은 정말로 치유되기 어려운가? 그렇지 않다.

대부분의 다른 생활습관성 질환들과 마찬가지로 현대의학이 암을 치료하지 못하는 이유는 암의 원인 치료를 하지 않고 암 그 자체를 제거하는 데만 초점을 맞추기 때문이다.

이러한 대부분의 질병은 2가지 요인, 즉 잘못된 생활습관 및 스트레스로 인해 발생한다. 그러므로 이러한 병에 대한 치료는 획기적으로 달라져야 한다.

메릴랜드 Maryland 대학교 메디컬센터 최고 경영 책임자를 역임하였던 스티븐 심프 Stephen Schimpff 박사는 미국 건강 관리 시스템이 매우 역설적이라며 다음과 같이 언급한다.

현재 미국 의료 시스템은 과거 1세기 이전에 폐렴과 같은 급성 질환 치료를 위해 만들어진 시스템으로 이런 급성 질환들은 의사 한 사람이 치료하는 것이 가능하였다. 하지만 현재 미국 의료 시스템은 잘 교육받고 훈련받은 의료 인력, 막대한 연구비 지원, 지속적으로 개발되는 신약들과 장비들을 가졌음에도 불구하고 대부분의 만성적 질환을 치료하는데 형편없이 작용하고 비용은 지나치게 많이 든다. 그러므로 생활습관 질환 치료는 급성질환 치료 방식과는 달라져야 한다.[17]

_____

17 Schimpff, S. (2013). America Has A Health Care Paradox MedCity News, 5.20.

그러면, 왜 질병의 원인이 되는 요인들을 제거하는 원인 치료에 초점을 두지 않는가?

그것은 식생활을 바꾸고 운동하고 스트레스를 관리하는 등의 생활습관 치유 방법은 의료계에 아무런 수익을 가져다주지 않기 때문에 그러한 방법들은 흔히 간과된다.

또한, 의과대학에서 약물 및 수술 치료법을 중점 교육하고 생활습관·심신의학에 대한 교육은 절대적으로 부족하고, 진료 시간이 매우 짧게 제한된 실정이고, 생활습관 변경과 같은 자연치료 방식은 의료보험을 통해 그 수가가 지급되지 않음으로 인하여 의사들이 원하여도 제도적으로 실천하기 어려운 문제들이 있다. 따라서 이러한 문제들은 근본적으로 개선되어야 할 문제이다.

근자에 국내외에서 병원과 의사에 대한 불편한 진실을 파헤치는 책들이 봇물처럼 쏟아지고 있다. 응급의학과 의사인 저자 데이비드 뉴먼 David Newman 은 저서 『의사들에게는 비밀이 있다 Hippocrates' Shadow: Secrets from the House of Medicine』를 통해 의료계가 기술과 과학의 발전에 따른 보상에만 관심을 가지고, 유익은 과장하고 위험은 무시하거나 축소하고 있다고 경고한다.

서울시립병원 정형외과 김현정 박사는 『의사는 수술을 받지 않는다』는 저서를 통하여 의사들은 수술이나 검사, 오래 복용해야 하는 약을 꺼린다고 한다. 예로, 건강검진 받는 비율이 일반인보다 낮고, 인공관절이나 척추, 백내장, 스텐트, 임플란트 등의 수술을 받는 비율이 현저하게 떨어지고, 심지어 항암치료 참여율도 떨어진다고 한다.

김 박사는 다음과 같이 말한다. "치유를 일으키는 것은 우리 몸이

다. 생명은 태어날 때 이미 자신의 몸을 스스로 치유하는 능력도 함께 지니고 태어난다. 근원적인 치료책은 자기 자신에게서 나오며, 거기에는 시간이 걸린다는 점을 사람들이 잘 인식하지 못하고 있다. 그래서 이 책을 쓰게 됐다.”

 '현대의학의 아버지'라 불리우는 윌리암 오슬러 William Osler 박사는 "의사의 첫째 의무 중 한 가지는 대중으로 하여금 약을 사용하지 않도록 교육시키는 일이다.”라고 하였다.

 이러한 문제가 발생하는 원인은 수익 위주의 의료 행위로 인한 의료계의 책임이 크지만, 한편으로는 자신의 병을 만든 잘못된 생활 습관은 고치려 하지 않고 쉽게 낫고자 치료제만 찾고 의지하는 환자들도 있다. 우리 스스로가 자성하며 돌이켜 볼 필요가 있다.
 현대의학적 치료 방법은 고비용 저효율적인 방법이며, 국민보건에 소모되는 비용도 폭발적으로 늘어 국가 의료보험재정이 바닥을 드러내고 있고, 일반적인 가정 집안에서는 누구 하나라도 큰 병에 걸리면 가계 재정이 바닥나게 된다. 암이 무서운 건 죽음에 대한 공포나 육체·정신적 고통보다 경제적 부담을 걱정하는 사람이 더 많다는 설문조사 결과가 나왔다.
 2016년 교보라이프플래닛생명보험이 25~49세 남녀 500명을 대상으로 설문한 결과에 따르면 본인의 암 진단시 가장 걱정하는 문제로 52.6%가 '치료비 및 가족의 생계'를 꼽았다. 그다음이 죽음에 대한 공포 25.0%, 육체적·정신적 고통 21.2% 순이었다. 암에 걸릴 경우 절반 이상의 사람이 경제적 부담이 커질 것을 제일 걱정한다는 것이다.

국립암센터가 2012년 여론조사 기관을 통해 만 20세부터 69세까지 전국 성인남녀 1,000명을 대상으로 실시한 암 인식도 조사 결과 역시 마찬가지였다. 응답자의 30.7%가 암 발병시 '치료비 부담'을 가장 큰 걱정으로 생각하는 것으로 나타났다. 다음으로 '죽음에 대한 두려움 16.1%', '아픈 사람의 고통에 대한 걱정 12.4%', '회복 가능성 불투명 11.0%', '가정 붕괴 9.3%' 등이 뒤를 이었다.

버지니아의 커먼 웰스 대학 약학 대학 연구팀은 2011년부터 1,960만 명의 암 생존자들을 대상으로 의료 지출 데이터를 분석한 결과, 미국인 암 생존자 10명당 3명이 재정적 어려움으로 인해 정신적, 신체적으로 어려움을 겪고 있음이 밝혀졌다.

이 연구에서는 재정적 부담에 대해 환자가 돈을 빌리거나, 파산을 선언하거나, 큰 의료비를 지불하는 것을 염려하고 의료 방문 비용을 맞출 수 없었거나, 다른 재정적인 희생을 치른 것 등을 기준으로 삼았다.

조사 결과, 암 생존자의 거의 29%는 암 진단, 치료 또는 치료의 장기적인 효과로 인한 최소한 하나의 재정적 문제를 경험했다. 이러한 재정적인 어려움은 우울증과 심리적인 고통의 가능성을 포함하여 신체적, 정신적 건강 관련 삶의 질 저하와 관련이 있다.

프레드 허친슨 암 연구 센터 Fred Hutchinson Cancer Research Center 의 연구에 따르면, 암으로 진단받은 사람들은 암이 없는 사람들보다 파산할 확률이 2.5 배 이상 높다고 한다. 또한, 젊은 암환자가 노인 환자에 비해 파산율이 2배에서 5배 높고 파산 신청 건수가 시간이 지남에 따라 증가한다는 사실도 발견되었다.

반면에 의약품, 의료장비를 생산하는 다국적 회사들은 고수익을 올리고, 대형 종합병원도 날로 번창한다. 현대의학적 의료시스템에서 의료비 증가의 큰 이유는 완치요법이 아닌 증상만 완화시키는 대증요법으로 인해 지속적으로 치료를 받도록 만드는 것이다.

최근에 발간된 건강과 보건 정책에 중점을 둔 독립 언론인인 엘리자베스 로젠탈 Elizabeth Rosenthal 의사가 펴낸 책 『미국 병: 어떻게 의료 사업이 큰 비즈니스가 되었고 당신은 어떻게 그것을 되돌릴 수 있는가 An American Sickness: How Healthcare Became Big Business and How You Can Take it Back 』에는 수익 중심의 역기능적인 미국 의료 시장의 경제적 규칙 10가지가 나열되어 있는데 다음과 같다.[18]

역기능적인 미국 의료 시장의 경제적 규칙

❶ 치료가 많을수록 항상 더 좋다. 가장 비싼 선택(Option)이 기본 설정된다.

❷ 평생 치료는 치유보다 더 바람직하다.

❸ 편의 시설과 마케팅은 좋은 돌봄보다 더 중요하다.

❹ 기술이 발전함에 따라 가격은 내리기보다 오히려 올라갈 수 있다.

❺ 자유로운 선택의 여지가 없다. 환자들은 갇혀 있다. 그리고 그들은 미국 의료시스템을 살 수밖에 없다.

❻ 경쟁하는 사업 경쟁자가 더 많다는 것이 더 나은 가격을 의미하는 것이 아니다. 그것은 가격을 올리게 하지 내리지 않는다.

---

18 Rosenthal, E. (2017). An American Sickness: How Healthcare Became Big Business and How You Can Take it Back. p. 8.

❼ 규모의 경제는 가격을 낮추지 않는다. 시장 지배력으로 큰 공급자는 쉽게 더 많은 것을 요구할 수 있다.

❽ 절차나 검사에 고정된 가격 같은 것은 없다. 그리고 무보험자는 전체 가운데 가장 높은 가격을 지불한다.

❾ 청구 기준은 없다. 청구하는 데 있어서 어떤 것이든 모든 것에 대해 청구할 돈은 있다.

❿ 시장이 감당할 수 있는 수준이 무엇이든 가격은 상승할 것이다.

미국에서는 이런 의료시스템으로 인한 재정적 부담이 급증하여 데이빗 월크 David Walker, 전 미국 회계 감사원장 는 CBS TV 〈60 Minutes〉 에서 미국 의료시스템에 대해 다음과 같이 증언하였다. "이것은 연방정부의 최우선 재정적 도전이며, 주정부의 최우선 재정적 도전이며, 미국 기업의 최우선 도전이다. 우리는 앞으로 20년간 우리의 건강 관리 시스템을 극적이고 근본적으로 개혁해야만 한다. 만일, 우리가 하지 않는다면, 미국은 부도날 것이다."[19]

신약들과 최신 첨단 의료기계들을 사용하는 데 앞장선 미국은 의료비 지출이 세계 각국 중 가장 높으며 아래 도표 참조, 세계보건기구의 발표에 의하면 2011년에 국가총생산 GDP 의 17.9%이었고[20], 계속 급등하여 2017년에는 19.5%에 달한다고 전망하였다.[21]

---

19 CBS TV 60 Minutes. (2007). U.S. Heading For Financial Trouble? 7.08.

20 WHO. (2011). World health statistics 2011. Geneva: World Health Organization.

21 Sean Keehan, Andrea Sisko, Christopher Truffer, Sheila Smith, Cathy

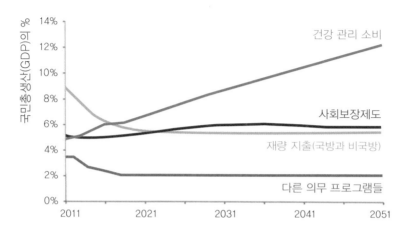

〈건강관리비용이 부채의 주된 요인〉

국민총생산(GDP)의 %

- 건강 관리 소비
- 사회보장제도
- 재량 지출(국방과 비국방)
- 다른 의무 프로그램들

2011 2021 2031 2041 2051

의료 비용이 채무의 주된 요인. 미국 의회 예산 사무소에서 2011년 8월에 발표한 이 도표는 2011년부터 2051년 사이에 의료비 지출이 큰 변동이 없는 사회보장, 재량 지출 (국방비와 비국방비), 다른 정해진 프로그램들 비용과는 달리 급속히 증가하고 있음을 보여준다.

막대한 의료비를 사용하는 미국의 건강관리 시스템은 세계 최고 수준인 것으로 간주되며, 지난 25회의 노벨의학상 중 18회를 미국인 혹은 미국 거주자가 수상했으며, 미국 제약회사들이 전체 신약의 절반을 개발하였으며, 미국인이 지난 30년간 가장 중요한 의료 발전의

Cowan, John Poisal, M. Kent Clemens, and the National Health Expenditure Accounts Projections Team, "Health Spending Projections Through 2017: The Baby-Boom Generation Is Coming To Medicare. (2008). Health Affairs Web Exclusive. Retrieved February 27, 2008.

80%를 이루는데 기여하였다.[22]

하지만 역설적으로, 세계보건기구가 2000년에 발표한 국가 건강관리 시스템 순위로는 미국은 191개국 중 세계 37위에 불과하여 칠레 33위와 코스타리카 36위보다 못하고 쿠바 39위를 바로 앞선 수준에 불과하다. 한국은 의료비 지출은 31위, 의료 시스템 순위로는 59위이다.[23]

미국인 개인 파산의 가장 큰 요인은 의료비로, 2001년 연구에서 의료비가 전체 개인 파산 원인의 46.2%이었던 것이 2007년 연구에서는 62.1%로 증가하였다. 대부분의 의료 빚을 진 채무자들은 교육을 잘 받은 중산층이었고, 3/4은 건강보험을 가지고 있는 사람들이었지만 높은 개인 부담금을 감당하지 못한 것이다. 의료비로 인한 개인 파산자들은 계속 증가하고 있다.[24]

그간 미국 의료 시스템은 환자 개인에 대한 의료 서비스 횟수에 대해 비용을 지불함으로 불필요하고 중복된 의료 행위가 의료비 증가의 중요한 요인이 되어 왔다.

최근에 정부 주도로 이런 문제점을 해결하고자 주민 전체를 대상으로 하는 주민건강관리 Population Health Management 시스템을 통하여 주민들이 가능한 비용이 많이 드는 응급실이나 병원을 찾지 않고 질병의 원인이 되는 요소들을 줄여서 건강할 수 있도록 검사, 교육, 관

---

22 http://theushealthsystem.wordpress.com/2011/04/05/the-need-for-change-by-the-numbers/

23 http://www.who.int/whr/2000/en/whr00_en.pdf

24 http://www.pnhp.org/new_bankruptcy_study/Bankruptcy-2009.pdf

리하는 방식으로 변화를 모색해 나가고 있다.

이는 의료 서비스 결과가 가져온 질적인 변화에 비용을 지불하는 방식으로 가능한 예방과 관리를 통해 환자들이 건강을 유지하도록 하여 비용을 줄이고자 하는 시스템으로 바람직한 방향으로 전환을 시도하고 있는 것으로 보인다.

이것은 바로 주민들에게 건강 검진, 건강 정보, 진료, 상담 서비스를 제공함으로 주민 개개인이 자신의 건강 문제의 주체가 되어 수동적이지 않고 능동적으로 자신의 건강 관리를 해 나가도록 지원하고 협력하는 방식으로 변화하고자 하는 것이다.

한국 역시 문제는 마찬가지이다. 건강보험정책연구원의 「국민 의료비 중장기 전망」을 보면, 2011년 91조 원에 달하는 국민 의료비가 2025년이면 419조 원으로 14년간 4.6배 증가하게 된다. 보건의료 지출이 가구 가처분 소득의 40% 이상을 넘는 경우를 '재난적 의료비'로 정의하는데, 2007년 현재 전체 인구의 2.7%가 이런 '의료적 재난' 상태에 있다. 이는 OECD 국가 중 최고 수준으로 지속적으로 증가하고 있다. '재난적 의료비'로 인해 많은 수의 중산층이 저소득층으로 전락하고 가정들이 붕괴되고 있다.

한국 역시 정부와 병원과 주민이 협력하는 '진단치료 중심에서 예방관리 중심으로'의 보건의료 패러다임 변환을 시도해 나가고자 하는 움직임을 보이는 것은 반가운 현상이다.

이제 생활습관성 질환을 어떻게 치유할 것인가 하는 문제는 국가적, 기업적, 가정적, 개인적으로 더 이상 감당하기 어려운 짐이 되었고 누구도 피해갈 수 없는 중요한 문제로 대두되었다.

다른 사람들보다 앞서 이런 문제들을 자각하고 참된 치유의 길을 찾고 실천하는 이들은 그만큼 큰 혜택과 유익을 얻게 될 것이다.

그럼, 이제 보다 나은 치유의 길을 살펴보자.

제 2부

더 큰 의학과 참된 치유

3장 더 큰 의학과 자발적 치유

19세기 이후 급격한 산업화가 진행되면서 인류는 편리함과 안락함을 얻는 대가로 환경 파괴라는 혹독한 대가를 치르게 되었고, 개개인의 인체 내의 생태계 역시 과거에 경험하지 못한 교란과 파괴가 일어나고 있다.

인위적 문명은 인체 내 건강의 법칙에 역행하며, 그것은 체력과 정신력을 약하게 만들고 있고, 부절제와 범죄, 질병과 불행은 우리의 일상생활 전반에 두루 퍼지고 있다.

과거 300년간 뉴턴-데카르트의 이원론적·기계론적 세계관의 영향으로 현대의학은 사람의 몸과 마음이 분리되어 있다고 보았고, 의사의 역할은 시계 수선공이 시계를 고치듯이 병이 나면 사람의 몸이 고장난 것으로 보고 수리를 하였다. 이러한 협소한 과학적 접근으로 인하여 몸과 마음은 멀리 떨어져 서로 상관이 없었고, 과학적으로 검증되는 것이 아니면 모두 비과학적인 것으로 간주되었다.

물리학자 프리초프 카프라 Fritjof Capra 박사는 그의 저서 『새로운 문명과 과학의 전환 The Turning Point 』에서 인간은 기계와 달리 살아 있는 유기체로서 통합적 활동과 그 환경과의 상호작용이 건강에 아주 중요한 것을 역설하며 이미 1980년대 초에 다음과 같이 말한다.

"서구 의학이 데카르트적 분리에 집착하여 환자를 하나의 전체적 인간으로 취급하지 않는 분석적·기계론적 접근 방식을 택하였기 때문에, 이제 의사들은 자신들이 오늘의 많은 주요 질병을 이해할 수도 없고, 치유할 수도 없음을 발견하고 있다. 이러한 자각은 의사들만이 아니라 또한, 오히려 더 많이, 간호사나 다른 건강 전문가와 일반 대중에 의해 인식되고 있으며, 협소하고 기계론적인 재래식 의학을 초월하여 건강에 대해 더 넓은 전인적인 접근을 하라는 상당한 압력이 의사들에게 이미 가해지고 있다.[25]"

생활습관성 질환에 걸렸다면 몸과 마음과 영을 다 포괄하는 보다 큰 과학·의학적인 방법으로 치료하여야 한다. 왜냐하면, 사람의 몸과 마음과 영은 분리될 수 없는 하나로 연결되어 질병의 발병과 치유에 다 함께 작용하기 때문이다.

눈에 보이는 몸만 다루면서 암세포를 죽이는 데 집중하여 암은 성공적으로 제거했더라도 환자마저 죽게 되는 방식의 치료를 하여서는 안 된다. 암세포를 죽인다고 신체의 핵심 방어체계인 면역세포들을 죽이는 것은 비과학적이고 비합리적인 방법이다. 그보다 더 뛰어나고 진정 과학적인 치유의 길이 있다.

데카르트의 이원론의 영향을 받아 발달해온 현대 과학물질 문명은, 인간과 자연의 분열, 인간과 인간의 분열, 인간과 신神 과의 분열, 인간 자아 自我 의 분열을 초래하였다. 또한, 물질주의와 개인주의적으로 소외된 사회 가운데 현대인은 불안, 스트레스, 우울증으로 고통받고 있으며, 이것이 많은 현대병의 원인이 되고 있다.

그러한 가운데 많은 사람들은 초월 명상, 요가, 동양종교, 뉴에이지, 점, 굿과 같은 데서 치유와 평안을 찾으려 하고, 환락, 도박, 게임, 술 담배 등 중독성 물질을 통해 불안감을 잠재우고 쾌감을 찾고 있다.

---

25   Fritjof Capra. (1985). 새로운 문명과 과학의 전환. 범양사. 99쪽.

제 2부 더 큰 의학과 참된 치유

만성 생활습관 질환의 증가, 현대의학의 한계, 보완·대체요법을 찾는 환자들의 급증하는 추세는 근자에 서양의학에 자연요법, 한의학, 심신의학적 치료 등 보완 대체요법들을 병행하는 통합의학 Intergrative medicine 시대로 이끌어 가고 있다.

20세기 후반에 들어와서 과학자들은 몸과 마음이 밀접하게 분리할 수 없이 연관되어 있고 마음이 신체에 미치는 막대한 영향을 발견하게 되었다. 그리고 그에 따라 질병 치료에 있어서 정신적, 그리고 더 나아가 영적인 면의 중요성이 새롭게 부각되었다.

그러므로 이 분열된 현대사회에서 몸과 마음과 영의 전체적인 조화와 평화, 건강을 추구하는 전인적 치유가 필요하다. 그런 가운데서 사람들은 진정한 안정과 행복과 건강을 즐길 수 있게 된다.

'의학의 아버지'라 불리우는 히포크라테스는 "우리 각자 속에 있는 자연치유력은 병 치유에 있어서 가장 강력한 힘이다."라고 하며 자연치유력을 강조하였다.

긍정적 과학·의학으로의 변화

다양한 분야 양자물리학, 정신신경면역학, 심리학, 생물학, 인류학 등 의 연구들
은 근자에 사람은 기계와 달리 성격, 생각, 느낌, 감정을 가졌으며,
이 모두가 면역과 치유 과정에 강력하게 영향을 미친다는 것을 발견
해왔다. 그리고 사람의 마음은 스스로를 치유하는 것에 강력한 도
구가 된다는 것을 보여주어 왔다.

환자가 희망을 가지는가, 갖지 못하는가가 환자를 살리기도 죽이
기도 한다. 암이 전이된 환자들에 대한 한 연구는 희망을 더 표현한
환자들의 생존 기간이 긴 것을 보여 주었다. 암으로부터 회복하는
데 있어서 환자의 긍정적이고 적극적인 태도의 중요성은 아무리 강
조해도 지나치지 않다.

엘머 그린 Elmer Green 박사 부부는 저서 『바이오 피드백을 넘어
Beyond Biofeedback, 1975 』에서 기적적으로 암이 치유된 400 사례를 조
사한 결과를 보여 주었는데, 모든 회복 사례들 가운데 공통된 요소

중 두드러진 한 가지는 그 모든 환자들이 정신적으로 큰 희망을 가졌고 생존에 대하여 더 긍정적 자세로 변화했던 점이다.[26]

『뉴스위크』는 1990년 9월 24일자 기사 '보다 큰 기대 Greater Expections'에서 의학의 미래는 질병의 치료에 있지 않고 예방에 있다고 하며, 건강생활습관의 증진과 함께 건강한 생각의 중요성에 대해 다음과 같이 말한다.

"질병과 싸우는 면역계를 돕는 마음의 역할을 다루는 과학인 정신신경면역학이 지극히 중요한 임상 분야가 될 것이고, 아마도 21세기에 가장 중요한 의학 분야로서 현재 가장 중요한 의학 분야인 종양학과 심장학을 대체하게 될 것이다. 건강한 생각이 결국 알레르기로부터 간이식을 포함한 모든 치료와 질병 예방을 위한 필수적인 요소가 될 것이다."[27]

20세기 동안 정신의학자들은 프로이트의 영향으로 병적病的 심리와 같은 부정적인 면에 초점을 맞추고 그것을 고치고 없애는데 몰두하였으나 지난 20년 사이에 인간 심리의 긍정적인 면을 과학적으로 연구하고 인간의 행복과 성장을 지원하는 '긍정심리학 Potitive Psychology'이란 새로운 학문 분야가 탄생하였다. 1999년에 '미국 긍정심리학계'가 설립되었고, 긍정심리학 연구는 곧 전 세계적 주목을 받기 시작하였으며 한국의 학자들도 긍정심리에 대한 연구를 본격화하고 있다.

---

26 Elmer Green, Alyce Green. (1977). Beyond Biofeedback. New York. Dell.

27 Michael Crichton. (1990). Greater Expectations. *Newsweek*, 9.24.

이것은 인생을 행복하고 의미 있도록 만드는 요인들이 무엇인가를 연구하고, 사람은 채찍과 두려움 같은 부정적인 방법보다 칭찬과 격려 같은 긍정적인 방법으로 더욱 효과적으로 변화한다는 관점에 기초한다. 긍적심리학에서 중시하는 것은 특히 낙관주의, 희망, 긍정적 감정과 같은 요소들이다.

브랜던 오리건 Brendan O'Regan 박사는 이미 30여 년 전 그의 글 『정신신경면역학: 새로운 분야의 탄생』에서 다음과 같이 말했다.

"우리는 더 이상 증상을 줄이거나 부정적인 것을 제거하는 데 초점을 맞추지 않게 될 것이다. 그 대신, 어떤 긍정적인 것의 실재로서 건강과 웰빙 Welling-being: 참살이 에 초점을 맞출 것이다. 그것은 긍정적 과학, 즉 인류를 위한 과학이라고 불릴 수 있는 발전으로의 첫 단계가 될 것이다."[28]

현대의학은 병원체들을 파악하고, 그것을 제거하는 방법을 찾는 데 주력하고 있다. 이를 페소제닉 패러다임[pathogenic paradigm: 병원성 病源性]이라 한다.

그것은 질병, 즉 부정적인 것에 초점을 맞춘다. 그래서 병원체나 이상세포가 발견될 때 '양성 Positive'이라고 부르고, 병원체나 이상세포가 없이 정상일 때, '음성 Negative'이라고 부른다. 그런데 질병관리 시스템에서 건강관리 시스템으로 바꾸어야 한다는 지적이 점점 더

---

28 O'Regan, B. (1983). "Psychoneuroimmunology: The birth of a new field",in Investigations: A bulletin of the institute of noetic sciences, 1, 1-11.

높아지고 있다.

왜냐하면, 치료 위주 시스템이 가져오는 막대한 재정적 부담을 감당할 수 없기 때문이고, 그런 비용 지출에도 불구하고 치료 및 건강 증진 효과가 크지 않고 부작용도 많기 때문이다.

건강관리 시스템으로 변화를 촉구하는 이론가 중 이스라엘의 사회의학자인 아론 안토노브스키 Aaron Antonovsty 박사는 '건강생성이론 [셀루토제네시스 Salutogenesis]'으로 알려졌다.[29]

그는 2차 대전 나치 아우슈비츠 수용소에서 살아남은 유대인 생존 여성들이 그 극한의 스트레스와 참극에서 살아남은 이유를 찾으면서 그중 2/3 이상 여성들은 여전히 정신적 신체적 장애를 가졌지만 29% 여성은 놀랍게도 그러한 장애를 가지지 않고 건강한 것을 발견하였다.

그는 그 29% 건강한 여성들을 심층 인터뷰하면서 왜 어떤 사람들은 심한 스트레스 상황과 가혹한 곤경 가운데서도 건강을 유지하고, 반면 다른 사람들은 그렇지 않은가를 연구하였다. 그리고 그 연구의 결과를 한마디로 표현하는 단어가 바로 '건강생성 Salutogenesis = the Origins of Health '이다. 이것은 지금까지 서구사회에서 널리 유행해온 '질병생성 Pathogenesis = The Origin of Disease'의 대안으로 제시한 건강에 대한 새로운 틀을 요약해 주는 용어이다.

---

29 Antonovsky A. (1979). Health, stress and coping. San Francisco : Jossey-Bass.

- Pathogenesis(질병생성) = Patho(질병) + Genesis(생성)
  = The Origin of Disease
- Salutogenesis(건강생성) = Saluto(건강) + Genesis(생성)
  = The Origin of Health

페소제닉, 즉 병원성 패러다임에서는 사람들을 건강한 사람과 아픈 사람으로 이분 二分 한다. 사람이란 원래 건강하지만 살아가는 과정에서 문제가 생겨서 아프게 된다고 믿는다.

안토노브스키 박사는 페소제네시스와 셀루토제네시스를 강 江 을 비유로 삼아 설명한다. 페소제네시스에서는, 건강한 사람들은 거친 강의 둑에 서 있으면서 자신은 그 물결로부터 안전하다고 믿는다고 비유한다. 그러나 셀루토제네시스에서는 사람은 어느 누구나 할 것 없이 모두가 이미 강 속에 빠져 허우적거리고 있다고 본다.

이러한 상황에서는 왜 사람들이 강물 속에 빠져 목숨을 잃었는가를 알아내는 것이 중요하지 않다고 한다. 병에 대해 아무리 많이 알아도 건강해지는 길을 알려주지 않기 때문이다. 오히려 그와 같은 강물 속에서도 "어떻게 살아남게 되었을까?"에 대한 해답을 탐구하는 것이 중요하다는 것이다.

세계보건기구의 건강의 정의와 같이, 건강이란 질병을 회피하거나 소극적으로 방지해서는 성취되지 않는다. 오히려 건강은 그것을 적극적으로 추구하고, 건강 결정요소들을 능동적으로 관리하고, 그것들을 건강에 이롭게 변화시켜야 비로소 성취될 수 있다고 보는 것이다.

그래서 셀루토제네시스 이론은 삶 속에 스트레스 요인들은 항상 존재하므로 스트레스 요인들에 대한 조사보다 건강을 만들어가는 개인의 자원과 능력을 강조하였다. 건강은 질병과의 싸움에서 승리하여 쟁취할 수 있는 전리품이 아니라 질병을 포함한 전반적인 삶에 대한 적응 과정으로 본다.

셀루토제너시스 이론은 다음 3가지로 설명한다.

첫째, 건강과 질병은 서로 다른 차원의 현상이 아니고, 최선의 건강 ease 을 우측의 끝점으로, 최악의 질병 dis-ease 을 좌측의 끝점으로 하여 일직선상에 있는 하나의 현상이라고 보면서 사람들은 이 직선 위에서 최선을 다하여 우측으로 지향하여 움직이면 건강을 유지, 향상시킬 수 있다고 주장하였다. 이는 사람이 건강하려면 질병에 대해 연구하고 질병과 싸울 필요 없이 건강을 증진시키는 방향으로 나아가면 된다는 것이다.

둘째, 사람이 좌측 끝점 질병 에서 우측 끝점 건강 으로 이동하려면 움직임을 방해하는 내외적 환경들에 저항할 수 있는 '보편적 저항 자원들[Generalized Resistance Resources GRRs]'을 가져야 한다고 하였는데 그 예로 돈, 지식, 자아존중감, 사회적 지지 등이 있다. 하지만 그 자원들을 활용할 수 있는 내면의 힘에 따라 투쟁의 결과는 확연히 달라질 수 있다.

셋째, 그렇기 때문에 셀루토제너시스 이론은 "The Sense of

Coherence SOC: 통일성"를 핵심으로 삼는다.

SOC는 스트레스 상황에서 삶을 이해 가능하고, 관리 가능하고, 의미 있는 것으로 바라보는 전체적인 방향성을 의미한다. 그는 사람들이 그들의 삶과 연관 짓는 방식이 그들의 건강에 영향을 미친다고 하였다.

SOC의 주요 성분(成分) 3가지

❶ 이해 가능성(comprehensibility) – 자신에게 가해지는 자극들을 일관성 있고, 구조적이고, 분명한 것으로 인지하는 것.

❷ 관리 가능성(manageability) – 사람이 가지고 있는 자원들이 생애의 요구들에 비해 충분하다고 인지하는 것.

❸ 유의미성(meaningfulness) – 삶이 의미가 있다고 감정적으로 느끼는 것.

이 3가지 중 유의미성이 가장 중요한 요소로 간주된다. 쉽게 이야기하여 삶이 살만한 가치가 있다는 지속적인 믿음 없이는 신체적·정신적 건강을 얻을 수 없다는 것이다.

이것은 왜 믿음과 희망이 의료 위기 가운데나 평상 삶에서, 그리고 모든 비정상 환경에서 삶을 지탱시키는 요소가 되는지 설명해주는 이론이다.

근자에 많이 거론되고 있는 건강증진이란 개념은 세계보건기구 WHO 가 1948년 발표한 건강에 대한 정의, '건강이란 단순히 질병이 없고 허약하지 않은 상태만을 의미하는 것이 아니고 육체적, 정신적 건강과 사회적으로 완전한 안녕 상태이다 Health is a state of optimal physical, mental and social well-being, and not merely the absence of disease and infirmity'와 바로 연결된다고 할 수 있다.

단순히 질병이 없는 상태를 추구하는 질병 중심의 패러다임을 넘어서는 건강 중심의 패러다임으로 전환하기 위한 시도인 세계보건기구의 첫 건강증진세계대회가 1986년 캐나다 오타와에서 열렸다. 세계보건기구는 이때 발표된 오타와 헌장에서 건강증진을 정의하였고, 그 정의를 실현하기 위한 3대 원칙들과 5대 활동영역들을 제시하였다. 따라서 세계가 본격적으로 건강증진이란 용어를 사용해온 기간은 불과 30여 년밖에 안 되었다고 할 수 있다.

2005년 태국 방콕에서 개최된 제6차 건강증진세계대회에서는 오타와 헌장이 제시한 건강증진에 관한 정의를 수용하면서 약간의 수정을 가하여 다음과 같이 정의하였다.

'건강증진이란 사람들이 자신들의 건강과 건강의 결정요소들에 대한 통제력을 증가하게 하여, 그것에 의해 자신들의 건강을 개선하는 과정이다 Health promotion is the process of enabling people to increase control over their health and its determinants, and thereby improve their health.'

이런 새로운 발견들과 움직임들로 말미암아 우리는 과거에 질병, 부정적인 것에 초점을 맞추던 것이 건강과 웰빙에 초점을 맞추어 가는 긍정적 과학·의학으로 변화가 서서히 이루어져 가는 것을 볼 수 있다.

자연적 치유

우리는 언론이나 주변에서 현대의학으로 보면 이미 죽었을 말기 암환자가 살아서 정상적인 삶을 영위하는 경우를 많이 볼 수 있다.

이런 경우 의사들은 "기적이다."라고 말한다. 더구나, 자연치유 방법들로 회복되었다고 하면 일회성 가십거리로, 우연한 사건으로 치부한다. 하지만 이것은 일어날 수 없는 기적이나 우연히 일어난 것이 아니고 건강과 치유의 법칙을 따랐기 때문이다. 건강과 치유의 법칙을 따르면 얼마든지 기적과 같은 치유가 가능하다.

의학계에서는 질병이 치료 없이 회복되는 사례를 '자연적 소멸 Spontaneous Remission'이라고 부른다. 최근에는 오랜 세월 무시되어 온 이러한 기적적인 자발적 치유 사례들을 연구하여 병 치료에 적용시키려는 노력이 증가하고 있다.

암의 '자연적 소멸'이란 치료 없이 혹은 암을 없애는 치료가 부적합한 경우에 암 증상이나 종양이 완전히 혹은 부분적으로 사라지는 것을 의미한다.

뇌신경학자인 오리건 박사와 허쉬버그 Hirshberg 박사는 대부분 암으로부터 회복된 자연적 소멸 사례 3,500건을 조사하여 『자연적 소멸: 주석이 달린 참고문헌 목록 Spontaneous Remission: An Annotated Bibliography』이라는 책을 발간하였다.[30] 이 책은 15년간 20개 이상 언어로 된 800개 이상의 문헌들을 조사한 가장 방대한 자발적 치유 사례 모음집으로 1993년도 미국 의학도서상을 받았다.

이 책은 저자들이 발견한 다음과 같은 내용을 보여준다. '기적적 치유' 사례는 일반적으로 믿는 것보다 훨씬 자주 발생하며, 광범위하게 기록되었다. 실제로, 암의 자연 소실로 인한 자발적 치유 사례는 일반적으로 생각하는 것보다 훨씬 많다는 것을 보여 준다. 예로, 한 유방 X-선 촬영 조사에 의하면 전체 유방암의 22%가 자발적으로 치유 회복되었다. 또한, 비뇨생식기암은 19%가 자발적으로 치유되었다.

한번 암이 발생하면 그것은 계속하여 자라고 악화된다고 간주 되어 왔다. 그러나 2009년에 미국 의학 협회 저널 Journal of the American Medical Association 에 발표된 한 연구[31]의 지난 20년 동안 유방암과 전

---

30 O'regan B. Hirshberg, C. (1993). Spontaneous Remission: An Annotated Bibliography. Institute of Noetic Sciences.

31 Esserman, L. Shieh, Y., & Thompson, I. (2009). Rethinking Screening for Breast Cancer and Prostate Cancer. JAMA: The Journal of the

립선암의 검사 Screening 결과는 이에 대해 의문을 제기하였다. 검사는 그대로 두었다면 검사에 의해 발견되지 않고 문제가 되지 않았을 많은 작은 종양들을 발견한 것으로 드러났다. 그것들은 스스로 성장을 멈추거나 수축되거나 심지어 적어도 어떤 유방암의 경우 사라지기까지 하였다.

『뉴욕타임즈 New York Times』 기사[32]는 이와 관련하여 "암이 치료 없이 사라질 수 있지만, 어떻게 그럴까?"라는 제목의 내용 가운데 국립 보건원 National Institutes of Health 의 질병 예방 부감독인 바넷 크래머 Barnett Kramer 박사의 말을 다음과 같이 인용하였다.

"이전의 견해는 암이 한 방향 과정이라는 것이었다. 한 세포가 돌연변이를 얻고, 조금씩 돌연변이는 더욱더 증가한다. 돌연변이가 자발적으로 되돌아가도록 되어 있지 않았다. 그러나 이제는 암이 발전을 위해서는 돌연변이보다 더 많은 것을 필요로 한다는 것이 점차 분명해지고 있다. 그것은 주변 세포들, 심지어 전 유기체, 사람과의 협력을 필요로 하는데, 예로, 사람의 면역 체계 나 호르몬 수준이 종양을 억제하거나 연료를 공급할 수도 있다."

연구가들은 세포가 공격적인 암으로 향하는 방향으로 가게 된다면 진로를 거꾸로 할 가능성이 높다고 말한다. 예를 들어, 자궁경부암의 초기 전구 세포는 되돌릴 수 있다. 한 연구[33]에 따르면 자궁 경

American Medical Association, 302 (15), 1685-1692.

32 Kolata, G. (2009, October 26). Cancers Can Vanish Without Treatment, but How? New York Times.

33 Moscicki, A.B. Shiboski, S., Hills, N.K., et al. (2004). Regression of

부 조기 검사에서 발견되는 전암 자궁 경부 세포의 60%가 1년 이내에 정상으로 되돌아가고, 90%는 3년 이내에 되돌아간다.

환자에게 희망을 북돋워 주는 것은 병을 낫게 하는 데 중요한 '투지'를 일으키도록 도와줄 수 있기 때문에 중요한 역할을 할 수 있다. 긍정적 감정이 면역체계를 자극하여 병을 이기는 데 있어서 중요한 역할을 할 수 있다는 사실이 오늘날 더욱 광범위하게 받아들여지고 있다.

암의 자발적 치유 사례들이 흔히 믿는 것보다 더 자주 일어나므로 만일 환자들이 어떻게 대응해야 하는지 알아서 자연치유력을 방해하지 않고 오히려 증진시킨다면 자발적 치유는 예외가 아니고 보다 자주 볼 수 있는 현상이 되게 될 것이다.

---

low-grade squamous intra- epithelial lesions in young women. Lancet 364:1678-1683.

말기 암환자의
자연적 치유 사례

그러면, 이런 발견들을 감안하여 수술도 불가능한 말기암에서 자발적으로 암이 치유된 한 환자의 사례를 자세히 살펴보자.

이일선 씨는 IMF 외환위기 직전 빚을 얻어 아파트를 샀는데 외환위기로 집값은 폭락했고 설상가상으로 남편이 결핵에 걸리면서 이 부부는 융자금의 이자조차 갚지 못해 신용불량자가 되었다.

부부와 세 아이는 교회에서 주는 쌀과 김치로 끼니를 때우며 하루하루 힘겹게 살아갔다. 그런데 만성 피로와 부종, 통증이 시도 때도 없이 이일선 씨의 온몸을 파고들었다. 병원에서는 원인을 밝혀내지 못했다. 그러다 2001년 병원에서 임파선에 암세포가 전이된 자궁경부암 3기 진단을 받았다. 수술도 불가능한 자궁경부암 3기 판정, 신용불량자 신세, 결핵에 걸린 남편, 끼니를 거르는 세 아이. 이 정도 상황이라면 대부분 좌절하며 주저앉을 것이다.

그러나 그녀는 달랐다. 그녀는 놀랍게 회복하였고, 여러 해 후에도 말기암 환자였다는 사실이 믿기 어려울 정도로 건강하게 살고 있다.

그 비결은 무엇이었을까?

나는 신문기사[34]를 읽으면서 놀랐고 경이롭게 생각되었다. 왜냐하면 그녀가 치유된 것이 결코 우연이 아니었기 때문이다. 그녀가 첨단 현대과학과 심리학이 밝혀내고 있는 강력한 치유 요소들을 그녀의 삶에서 실천함으로 기적적으로 회복하였기 때문이다.

그러면, 그러한 기적적인 치유 요인들을 그녀가 실천하고 경험한 과정들을 통해 하나씩 살펴보자.

첫째, 나쁜 생활습관들을 버리고 좋은 생활습관들을 실천했다

이일선 씨는 암진단을 받은 이후 암의 원인이 되는 짜고 단 음식, 탄 음식 등 나쁘다는 음식을 멀리했다. 그리고 웬만한 거리는 차를 타지 않고 걸어 다녔고, 1주일에 2, 3번 산에 올랐다. 나쁜 생활습관들을 버리고 좋은 건강습관들을 실천하기 시작한 것이다. 지금까지 살펴본 바와 같이 암 발병 원인이 되는 생활습관들을 버리고 건강한 생활습관들로 바꾼 것은 치유에 있어서 기초가 되는 매우 중요한 것이다.

---

34 허정헌. (2007.7.1). "신용불량에 암 3기… 의지로 이겼죠." 한국일보.

그런데 이러한 변화는 다른 많은 암환자들 역시 실시한다. 그러나 이일선 씨와 같은 놀라운 회복을 경험하는 환자들은 소수이다. 그렇다면, 그녀는 무엇이 더 달랐을까?

둘째, '투병정신'이 투철했다

그녀는 말한다. "사실상의 사형선고가 내려진 그때 스스로를 향해 '나는 암 환자가 아니다.'라고 외쳤어요. 가장 힘들 때 가족을 두고 죽을 수는 없었어요. 아이들을 위해서라도 꼭 살자고 다짐했어요."

암 선고를 받은 후, 다른 사람들이 절망할 때 그녀는 달랐다.

"몸을 후벼 파던 고통의 원인을 알았으니 오히려 '이제 살았다.'는 생각이 들더군요. 그래서 아는 사람들을 불러 파티를 열었죠."

즉, 그녀는 병에 져서 물러나지 않고 병을 이기고자 결심한 것이다. 의사들과 학자들이 병을 이기는 환자들에게서 흔히 발견하는 요소인 '투병정신'이 투철하였던 것이다.

병을 고치겠다는 의지가 없는 암환자들은 대부분 병을 이기지 못하고 죽어간다는 연구들이 조사 발표되었고 이제 정설이 되었다.

마음과 몸은 하나로 연결되어 있기에 마음이 절망하면 면역세포들도 절망하여 힘을 잃지만, 마음이 적극적인 의지로 투병하면 면역세포들도 힘을 얻는다.

제 2부 더 큰 의학과 참된 치유

셋째, 긍정적인 감정이 생기도록 하였다

그녀는 스포츠댄스, 레크리에이션 수업 등 기분을 좋게 할 수 있는 것은 모두 했다. 소극적이었던 그녀는 적극적이고 쾌활한 사람으로 바뀌었다. 정신신경면역학은 우리의 신경계–내분비계–면역계가 하나로 연결되어 부정적인 생각과 감정은 면역력을 낮추고, 긍정적인 생각과 감정은 면역력을 높이는 것을 보여 준다.

웃음치료에 대한 연구를 해 온 심신의학 분야의 권위자인 로마린다대학 리 벅 Lee Berk 박사는 다음과 같이 말한다. "긍정적 감정들은, 우리 몸 안에서 유익한 약들을 만들어내는 놀라운 원천이다. 행복이 행복을 낳는다. 긍정적 감정들과 행동들은 우리의 세포들을 재생시키고 우리의 삶에 활력을 불러일으킨다.[35]

넷째, 다른 사람을 도왔다

그녀는 말한다.

"암 진단 후 무일푼이었던 제 손에 보험금 2,000만 원이 들어왔고, 마침 그때 돈이 없어 백혈병으로 죽어 가는 아이의 얘기를 듣고는 그 병원 원목실에 보험금 일부를 익명으로 놓고 나와 병원 계단

---

35 In S. Sorajjakool & H. Lamberton (Eds.). (2004). Spirituality, Health, and Wholeness: An Introductory Guide for Health Care Professionals. Binghamton, NY: Haworth.

에서 얼마나 울었는지 몰라요. 그것은 슬퍼서가 아니라 고통을 나누었다는 기쁨의 눈물이었죠. 지금 생각해보면 그때 나온 다이놀핀 Dynorphin: 통증 해소에 몰핀보다 400배 강한 것으로 알려진 호르몬이 암뿌리까지 뽑아간 것 같아요. 그 일 후에 **MRI**를 찍었는데 암덩어리가 깨끗이 없어졌더군요."

마음의 큰 기쁨과 즐거움은 성경에서 언급된 바와 같이 양약과 같이 작용하고, 면역을 강화시켜 병을 이기게 해준다.

사실, 병 회복에 큰 방해가 되는 것은 병과 자신에게만 주의를 집중하는 것이다. 『뉴욕타임즈 New York Times』는 '자원봉사가 미국을 살릴 수 있는가?'라는 표지 기사 2013.7.1 에서, 전쟁에서 돌아온 후 심각한 외상 후 스트레스 장애를 가진 참전병사들이 지역사회를 위해 봉사함으로 놀라운 치유 효과를 나타냄을 보여준다. 초기 52명을 조사한 연구에 의하면 그중 86%가 생애를 변화시키는 긍정적인 경험을 한 것으로 나타났다.

다른 사람들에게 선을 행하는 기쁨은, 신경들을 통하여 전달되는 감정들에 행복감을 나누어 주며, 혈액 순환을 촉진시키고 정신적·신체적 건강을 가져다준다.

타인을 위하는 가운데 마음의 기쁨과 보람을 느낌으로써 자신의 질병이 치유된다. 이것은 자신을 초월하는 영적 치유 경험이라 할 수 있다. 성경 역시 다음과 같이 병자가 자신보다 힘든 사람들을 도와줄 때 치료가 급속하게 된다고 한다.

'내가 기뻐하는 금식은 흉악의 결박을 풀어 주며 멍에의 줄을 끌러 주며 압제당하는 자를 자유하게 하며 모든 멍에를 꺾는 것이 아니겠느냐. 또 주린 자에게 네 양식을 나누어 주며 유리하는 빈민을 집에 들이며 헐벗은 자를 보면 입히며 또 네 골육을 피하여 스스로 숨지 아니하는 것이 아니겠느냐. 그리하면 네 빛이 새벽같이 비칠 것이며 네 치유가 급속할 것이며 네 공의가 네 앞에 행하고 여호와의 영광이 네 뒤에 호위하리니 이사야 58:6-8.'

이와 같은 이일선 씨의 사례는 현대의학보다 환자 스스로가 자신의 건강을 위해 더 기여할 수 있음을 생생하게 보여준다.

4장 참된 치유의 길 - 3가지 의학적 접근

생물학자이자 철학자인 르네 드보 Rene Dubos 는 건강에 대하여 다음과 같이 다차원적多次元的으로 정의한다. "건강은 환경 적응으로부터 생기는 개인적 부분에 있어서 사회적, 정서적, 정신적, 영적, 생물학적 적합성을 포함한다." 적응력의 개념 또는 인생의 부침浮沈: 오르고 내림에 대해 성공적으로 대처하는 능력이 이 정의의 핵심 구성 요소이다.

질병이 생기는 것은 이런 다차원적 적합성에 문제가 생겨서 제대로 대처하지 못하여 생겼다고 볼 수 있다. 이런 면으로 볼 때, 참된 치유의 길은 멀리 있지 않고 놀랍게도 아주 가까운 데 있고 복잡하거나 어렵지 않고 매우 쉽다. 우리는 현대사회의 흐름대로 몸과 마음으로 병을 만드는 생활을 하지 말고 스스로의 건강에 책임을 지고 건강을 만드는 생활을 하여야 한다.

병이 우연히 발생하지 않고 원인이 있는 것처럼, 자발적 치유 역시 몸과 마음을 다해 치유와 건강의 법칙을 따른다면 일어날 수 있다. 그러한 참된 건강과 치유의 길을 다음과 같이 3가지로 나눌 수 있다. 이 3가지는 불가분의 관계로 서로 깊이 영향력을 미치지만 각각 독립된 영역을 가지고 있다.

❶ 생활습관을 치유하라 – 생활의학(生活醫學)
❷ 마음을 치유하라 – 심신의학(心身醫學)
❸ 영을 치유하라 – 영성의학(靈性醫學)

그러면, 이제 이 3가지를 하나씩 살펴보자.

생활습관을 치유하라
생활의학(生活醫學)

① 병을 만드는 생활습관·치유하는 생활습관

| 현대병과 식생활

미국의학협회저널 『Journal of American Medical Association JAMA 』
에 실린 독일인 23,513명을 대상으로 한 한 연구는 4가지 요인들 금연,
건강한 체중, 규칙적 운동, 건강한 식생활 을 실천하는 사람들은 사망의 가장
큰 요인이 되는 만성질병들, 즉 심장병, 암, 당뇨병이 80% 적게 발생
한 것을 보여 주었다. 그리하여 이런 질병들이 대부분 예방할 수 있
는 질병들임을 보여주었다.[36] 현대인은 생활습관이 병들었기 때문에
생활습관 질환들이 만들어진다는 걸 보여준다.

---

36 Ford ES, Bergmann MM, Kröger J, Schienkiewitz A, Weikert C, Boeing
    H. (2009). Healthy Living Is the Best Revenge: Findings From the
    European Prospective Investigation Into Cancer and Nutrition-Potsdam
    Study. Arch Intern Med. 169 (15): 1355-1362.

그렇다면, 이러한 병 치유를 위해서는 병을 만드는 생활습관을 고쳐서 건강한 생활습관으로 만드는 것이 합리적이고 진정으로 과학적인 일이 될 것이다.

얼마 전에는 패스트푸드를 많이 먹는 여성들이 유방암에 많이 걸린다는 뉴스가 나왔다. 잘못된 식생활이 암 발병 요인이 된다는 것은 이미 많이 알려진 사실이다. 그런데 얼마 전, 미국 병원에서 환자에게 햄버거, 튀긴 닭고기 등을 식사로 제공하는 것을 보고 나는 아내와 함께 경악을 금치 못한 적이 있다.

병을 이기도록 도와주어야 할 미국 내 많은 병원에서 맥도날드 등 음식체인점들과 계약하여 병의 원인이 된 고지방, 육식 위주의 튀긴 메뉴 음식들을 환자식으로 제공하여 오히려 질병을 악화시키는 일을 함으로 민간단체들에서 시정을 요청하는 웃지 못할 일들도 생기고 있는 것이다.

이런 일이 일어나는 것은 의과대학 교과 과정에 음식과 영양에 대한 교육이 절대적으로 부족하여 식생활과 질병과의 연관성에 대해 일반적으로 의사들이 무지하기 때문이고 미국 125개 의과대학 중 30개 의대만 영양에 대해 교육하고 있으며, 미국 의사들이 4년 의대 교육 기간 중 영양 교육을 위해 보낸 시간은 평균 20시간도 되지 않는다, 영리를 추구하는 병원들의 속성으로 인해 생기는 현상들이다.

서구 국가들에서 만연한 유방암, 전립선암, 췌장암, 난소암, 자궁내막암, 대장암과 같은 암 발병률의 약 50%와 암 사망률의 35%는 서구의 식습관과 관련이 있다.[37] 극동 국가들에서 주요 질병인 위암은 과도한 소금 섭취와 같은 뚜렷하고 특정한 식품 성분과 관련이 있다. 사실상, 연구들은 모든 암의 90%까지 생활양식과 연관이 있는 것을 보여 주었고, 그것은 예방이 가능한 것을 보여준다.

동물 식품은 여러 가지 이유로 암 발병에 주요 요소다. 그것은 건강에 좋지 않은 포화 지방을 함유하고 발효 과정에서 형성되는 발암 물질들을 포함하며 많은 양의 에스트로겐이 함유되어 각종 암 위험이 크게 증가하게 만든다.

최근 발표된 영국인 6만 5,000명을 대상으로 조사한 런던대 UCL 연구는 식생활의 중요성을 잘 보여 준다. 8년간 조사 결과에 의하면, 채소나 과일을 최소 하루 7접시 먹는 사람은 1접시 이하를 먹는 사람에 비해 조기 사망률이 42% 줄었다. 그것은 또한 암 위험을 25% 낮추고, 심장병과 뇌졸중 위험을 31% 낮추었다. 채소와 과일을 많이 먹으면 먹을수록 예방 효과가 증가함을 보여 준다.[38]

암과 과일 및 채소 섭취에 관한 약 200개의 연구를 검토한 한 연구에서는 156건의 연구 중 128건에서 과일과 채소의 통계적으로 유

37 Williams, G. M, Williams, C. L., & J. H. Weisburger. (1999). Diet and cancer prevention: the fiber first diet. Toxicol. Sci. 52, 72-86.

38 Oyebode, O, Gordon-Dseagu, V, Walker, A, Mindell, JS. (2014). Fruit and vegetable consumption and all-cause, cancer and CVD mortality: analysis of Health Survey for England data. Journal of Epidemiology Community Health. JECH Online First, published on March 31, 2014 as 10.1136/jech-2013-203500.

의미한 질병 보호 효과가 발견되었다. 과일과 채소를 가장 적게 먹은 1/4에 해당하는 사람들은 과일과 채소를 가장 많이 먹은 사람들과 비교했을 때 암에 걸릴 확률이 2 배 정도 높았다.[39]

최근에 발표된 과일 및 채소 섭취와 심혈관질환의 위험과 전체 암 및 모든 원인의 사망률에 관한 한 연구[40]에 의하면, 하루에 다섯 가지 과일과 채소가 섭취가 좋고, 열 가지가 더 좋을 수 있다고 한다. 이 연구는 95개의 연구와 2백만 명이 넘는 사람들을 포함한 세계적인 연구에 대한 분석이었다. 하루에 800g을 섭취하면 관상동맥 심장질환 24%, 뇌졸중 33%, 심장혈관질환 28%, 암 14%, 그 외에 모든 사망의 원인에 대하여 31% 정도 상대적 위험을 감소시키는 효과가 있었다.

연구가들은 하루에 10개의 과일과 채소를 먹는다면 전 세계적으로 780만 명의 조기 사망을 예방할 수 있다고 추정하였다. 전반적으로 과일 및 채소 섭취량이 적을수록 위험 감소는 더 가파르게 나타났다.

---

39 Block, G., Patterson, B., & Subar, A. (1992). Fruit, vegetables, and cancer prevention: a review of the epidemiological evidence. Nutr Cancer. 18, 1-29.

40 Aune, D., Giovannucci, E., Boffetta, P., et al. (2017, February 22). Fruit and vegetable intake and the risk of cardiovascular disease, total cancer and all-cause mortality—a systematic review and dose-response meta-analysis of prospective studies. Int J Epidemiol. doi:https://doi.org/10.1093/ije/dyw319.

심장병의학의 권위자이며 빌 클린턴 전 미국 대통령이 채식주의자가 되도록 이끈 것으로 알려진 콜드웰 에셀스틴 박사는 환자가 저지방 미가공 채식 위주의 식단을 따르면 막힌 동맥이 뚫릴 수 있으며여러 해 동안 아무 증상 없이 지낼 수 있음을 입증하였다. 그는 다음과 같이 말한다.

"플라그는 혈관 내피나 동맥의 내벽이 손상될 때까지는 만들어지지 않는데, 이러한 손상은 사람이 육류, 유제품, 생선, 닭을 먹을 때마다 생긴다. 이것은 아무리 강조해도 지나치지 않다."[41]

근자에 실시된 연구는 50세부터 65세 사이의 6,000명 이상 사람들을 대상으로 단백질 섭취와 사망률과의 연관성을 조사하였다. 결과는 동물성 단백질이 지방과 탄수화물과는 상관없이 조기사망 위험을 급격히 높인 것을 보여 주었다. 동물성 단백질을 많이 섭취한 사람들은 18년 동안 전반적인 사망률이 75% 높았고, 암 사망률과 당뇨병 사망률이 4배 증가하였다. 단백질은 식물성으로 섭취한 사람들의 경우에는 이런 연관성이 없어졌거나 희석되었다.

다음 그래프는 여러 다른 나라의 육류 섭취와 대장암과의 밀접한 연관성을 보여 주는 것으로 많이 알려진 연구의 도표이다.[42]

---

41   Stone, G. (2011). Forks Over Knives: The Plant-Based Way to Health. Workman Publishing. 16p.

42   Armstrong, B., & Doll, R. (1975). Environmental factors and cancer

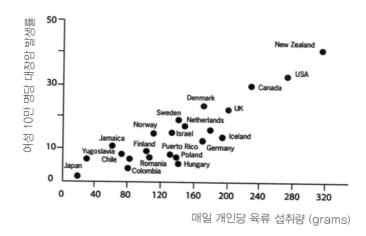

〈여성대장암 발생률과 매일 육류섭취〉

여러 나라의 1 인당 동물성 지방 섭취와 유방암으로 인한 연령 조정 사망률 간의 상관 관계. 그래프는 동물성 지방 섭취가 증가하는 것과 사망률이 증가하는 것을 보여 준다.

다음은 여러 다른 나라의 동물성 지방 섭취가 유방암 사망률과의 연관성을 조사한 연구 결과이다.[43] 이 그래프는 동물성 지방 섭취가 증가하는 것과 비례하여 유방암 사망률이 증가하는 것을 보여준다.

---

incidence and mortality in different countries, with special reference to dietary practices. Int J Cancer. Apr 15;15(4):617-31.

43 Carroll, K. (1975). Experimental evidence of dietary factors and hormone-dependent cancers. Cancer Res. 35:3374-3383.

〈동물성 지방섭취와 유방암 사망률〉

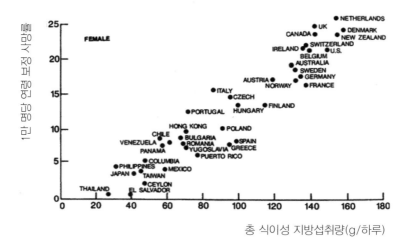

여러 나라의 1 인당 동물성 지방 섭취와 유방암으로 인한 사망률 간의 상관관계

코넬대학교 영양생화학자 콜린 캠블 T. Colin Campbell 명예교수의 '중국 프로젝트 China Project'는 코넬대학과 옥스포드대학과 중국 정부가 공동 지원한 연구로 뉴욕타임즈가 역학의 그랑프리라고 명명할 만큼 역사상 가장 포괄적이고 광범위한 건강 및 영양학 연구로 손꼽힌다.

이 연구 조사 결과, 육식을 많이 한 중국인들에게서 심장병, 암, 당뇨병 등 생활습관질환들이 가장 많이 발견되었고, 반면에 채식을 많이 한 중국인들에게서는 이런 질병들로 인해 고통당하지 않고 건강하였다. 그리고 이 연구는 육식과 유제품을 일상적으로 섭취할 때 암, 심장병, 당뇨병 등 질환 발병률이 급등하는 것과 통곡식의 채식 식사를 할 때 감소하는 것을 보여 주었다.

또한, 캠벨교수는 우유를 많이 마실수록 대퇴부 경부 골절 발생률이 높다는 충격적인 연구 결과를 발표하였다. 세계적으로 우유를 많이 소비하는 국가일수록 골다공증 환자도 많고, 오히려 우유와 동물성 단백질을 적게 먹는 나라일수록 국민들이 더 건강한 뼈를 가지고 있다는 것이다.

우리는 어릴 때부터 우유는 '완전식품'이고 칼슘의 보고이므로 뼈를 튼튼하게 하려면 우유를 마셔야 한다는 말을 많이 듣고 성장기 어린이들의 필수 영양식품으로 알려져 학교에서도 정기적으로 먹도록 요구받았다. 심지어 우유가 모유보다 더 우수하다고 알려져 많은 엄마들이 모유를 버리고 대신 우유를 먹여 왔다.

하지만 이 모두가 유제품업체들의 선전광고와 로비에 의해 기만적으로 주입된 왜곡된 지식이다.

사실, 우유와 유제품을 가장 많이 먹는 나라인 핀란드, 스웨덴, 미국, 영국에서 골다공증이 가장 많이 발생하는 것으로 밝혀졌다. 그 이유는 산성식품인 우유를 과다 섭취하여 몸이 산성 체질로 바뀌면 이를 중화시키기 위해 칼슘이 소변으로 많이 배설되기 때문이다.

그리고 모유는 아기를 질병으로부터 보호할 수 있는 면역성분들을 함유하고 지능을 높이는 등 여러 면으로 우유보다 뛰어나기 때문에 1981년 세계보건기구(WHO) 총회에서 분유광고를 금지시키기로 하였다.

미국 식품업계의 정치권과 과학계에 미치는 막강한 힘은 캠벨 박사의 책 중국 연구 China Study 에서도 일면 보여 준다: 육식의 심장병 증가 결과로 인해 육류 섭취를 줄이도록 권장하는 일에 관여한 농업 지역 주 출신의 6명의 강력한 상원의원들이 다음 선거에서 육류업체에 도전한 괘씸죄로 낙선되었다. 그리고 육류와 유제품이 암 발생에 미치는 영향을 밝히고 새로운 식생활 지침이 만들어지고 발표될 때, 식품업계로부터 각종 명목으로 수입과 특혜를 받아 온 일단의 과학자들로 구성된 단체들이 그것을 적극 방해하고 왜곡시키는 등 영향력을 행사한 것을 보여 준다.[44]

근자에 한국교육방송공사 EBS 는 우유의 위험성을 다룬 다큐멘터리 〈우유, 소젖을 먹는다는 것에 대하여〉를 제작·방송하면서, "우유 살균 과정에서 건강에 도움을 주는 성분이 함께 사라진다.", "우유에 들어있는 성장호르몬이 체내 암세포를 활성화시킨다.", "우유의 동물성 지방이 여성의 유방암 가능성을 높일 수 있다." 등 우유가 건강에 해로울 수 있다는 여러 주장을 전문가들의 입을 빌려 소개했다. 이에 대해 낙농업자들이 방송사를 상대로 낸 방송중지 가처분 신청이 법원에서 "방송의 중요한 부분이 진실이 아니라고 보기 어렵다."는 이유로 기각되기도 하였다.[45]

---

44 Campbell, T. Colin. (2006). The China Study: The Most Comprehensive Study of Nutrition Ever Conducted And the Startling Implications for Diet, Weight Loss, And Long-term Health. BenBella Books. Ch. 13. Science—The Dark Side.

45 연합뉴스. (2014.2.3). 법원 "우유 유해성 다룬 다큐 방송할 수 있다"

유방암 환자가 세계적으로 증가하고 있는데, 이 역시 우유, 치즈와 같은 유제품 섭취 증가와 연관되어 있고, 콩류, 채소 섭취는 유방암 예방 효과를 보여 주는 연구가 늘고 있다.

우리 부부는 미국인과 한국인 가족들 가운데 특히 아이들의 알레르기가 많아 고통당하는 것을 흔히 보게 되는데, 이러한 가정에서 알지 못하고 마시는 우유는 대표적인 알레르기 유발 원인이다. 아토피, 비염을 비롯한 알레르기에 우유 성분이 해롭다는 것은 널리 알려졌다. 전문가들은 심각한 우유 알레르기는 사망을 야기할 수도 있다고 경고한다.

한국인의 식단이 점점 서구화되면서 육류 소비량이 가파르게 늘어 왔다. 1980년대 1인당 연간 11.3kg였던 고기 소비량은 해마다 증가해 2016년 51.3kg에 이르고 있다. 지난 30여 년 사이 다섯 배나 증가한 것이다.

최근, 서구화된 생활 변화, 스트레스 증가 등으로 현대인의 건강과 생명을 위협하는 무서운 질병으로 자가면역질환 Autoimmune Disease 역시 크게 증가하고 있다. 이것은 루푸스, 아토피피부염, 류머티스관절염, 천식, 제1형 당뇨병, 원형탈모증, 백반증 등 80여 가지가 넘는 질환들로 우리 몸을 보호하여야 할 면역세포가 우리 자신의 세포를 공격하여 생기는 질환이다.

현대의학적 치료는 이를 위해 소염진통제, 스테로이드 면역억제제 등을 사용하지만 부작용을 수반하는 일시적 치료 방법일 뿐 근원적인 치료방법이 아니다.

음식물과의 상관관계를 조사한 어떤 연구들은 고지방 식사를 먹인 쥐들에게서 자기면역질환 증세가 악화되었고, 저지방 식사가 증세를 완화시키는 데 도움을 줄 수 있다는 것을 보여 주었다.

자가면역질환의 예방과 치료에서도 정상적으로 작용하는 면역력을 유지하는 것이 중요한데, 그를 위해서는 균형적인 식생활습관, 운동, 스트레스 관리가 중요하다. 균형적인 식생활을 위하여서는 저지방 식사와 생 야채와 과일 섭취를 통해 체내 효소를 활성화시키는 비타민과 무기질과 같은 미량 영양소 공급이 중요하다.

최근 발표된 한 연구는 붉은 육류를 먹으면 많을수록 8가지 질병 중 하나로 인해 사망할 위험이 더 커짐을 보여 주었다. 연구가들은 536,000명의 50세에서 71세 사이 남성과 여성을 대상으로 그들의 식생활과 건강 상태를 평균 16년간 추적 조사했다.

그 결과, 붉은 육류를 가장 적게 먹은 1/5 사람들과 비교했을 때, 붉은 육류를 가장 많이 먹은 1/5 사람들은 여러 가지 원인으로 인한 사망 위험이 26% 증가하였다. 높은 붉은 육류 소비는 8가지 질환 암, 심장병, 호흡기 질환, 뇌졸중, 당뇨병, 감염, 신장 질환 및 간 질환 으로 사망하는 비율을 증가시켰다.[46]

---

46 Etemadi A, Sinha R, Ward MH, et al. (2017). Mortality from different causes associated with meat, heme iron, nitrates, and nitrites in the NIH-AARP Diet and Health Study: population cohort study. BMJ, 357: j1957.

미국 연방정부 자금 지원을 받아 연구되어 온 재림교인들의 건강 식생활과 장수 비결은 언론에 많이 조명되고 알려져 왔다. 2009년 2월 『US News & World Reports』지의 '100세 건강 장수 비결의 11가지 비결 11 Health Habits That Will Help You Live to 100' 기사 중 8번째 비결은 "제칠일 안식일 예수 재림 교인처럼 생활하라 Live like a Seventh Day Adventist"는 것이었다. 금연, 금주하며, 설탕을 적게 먹고, 과일, 채소, 콩, 견과류 등 채식을 주로 하며 운동을 충분히 하며, 가정생활과 공동체 생활에 충실한 제칠일 안식일 예수 재림 교인들은 일반 미국인들보다 약 10년 더 장수한다는 것을 이유로 밝혔다.[47]

또한, 2005년 11월호 『내셔널 지오그래픽 National Geographic』의 '장수의 비결 The Secrets of Living Longer' 기사에는 세계 3대 장수촌에 대한 내용이 실렸는데, 캘리포니아 로마린다 재림교인들, 이탈리아의 사르디니아섬 주민들, 일본의 오키나와섬 주민들이 세계에서 가장 장수함을 보여주고 그 장수비결들을 소개했다. 이탈리아와 일본이 산골지방과 섬지방이라는 지역적인 특수성이 있으나, 로마린다는 일반 미국 도시와 같은 지역임에도 불구하고 세계 3대 장수촌에 손꼽히므로 도시에 사는 많은 현대인들에게 희망과 격려를 가져다주었다. 재림교인에 관한 연구들은 지역을 초월하여 세계 어느 곳에서나 성경적 건강원리와 생활양식을 따른다면 누구나 건강 장수의 혜택을 누릴 수 있다는 점에서 시사하는 바가 크다.[48]

---

47 http://health.usnews.com/health-news/family-health/living-well/ articles/2009/02/20/10-health-habits-that-will-help-you-live-to-100?page=2

48 http://ngm.nationalgeographic.com/2005/11/longevity-secrets/

1991년, 3천 명의 미국인 의사로 구성된 '책임 있는 진료를 위한 의사협회 The Physicians Committee for Responsible Medicine'는 미국 농무부 USDA 가 권장해 온 전통적 4가지 식품군 육류, 생선, 조류, 유제품이 필수 식품으로 포함된이 암, 심장병, 비만, 당뇨병, 골다공증을 일으키므로 폐기시키고 건강식생활을 위한 새로운 4가지 식품군인 '파워 플레이트'를 권장하도록 제시했는데, 그것은 다음 이미지와 같이 과일류, 곡류, 채소류, 콩류로 구성되었고, 육류와 유제품은 필수식품이 아닌 선택식품으로 분류하였다.

buettner-text

그렇지만, 1992년 미국 농무부 USDA 가 미국인들의 음식 섭취를 위한 가이드로 발표한 식품 피라미드에는 육류와 유제품이 필수식품으로 포함되었다. 네 개 단 段 에 6개 군의 음식물을 영양소별로 나누어 각각 권장량을 기록한 거였는데, 가장 넓은 아랫단은 곡류와 빵 등 탄수화물이었고, 바로 윗단은 야채와 과일, 세 번째 단은 유제품과 육류 단백질, 맨 위가 지방과 오일, 당류였다.

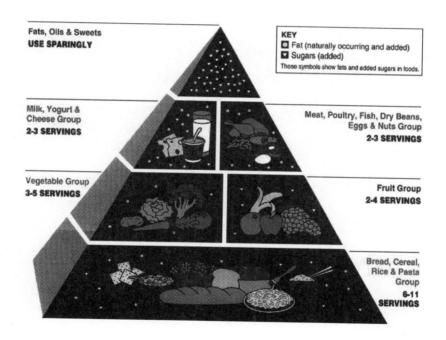

그것은 불확실한 근거 위에서 만들어졌고 과학보다는 식품 산업과 농업적 이해관계로 인해 더 많은 영향을 받았다. 이에 대해 뉴욕대학의 영양학과 교수인 매리언 네슬레 Marion Nestle 박사는 미국 농무부가 발표한 식품 피라미드에 대해 언급하기를 "식품군에 우유와 같은 유제품이 포함된 것은 전국 낙농업 위원회의 활동 때문이고 육류가 포함된 것은 거대한 힘을 행사하는 육류 로비 활동 때문이다"라고 밝힌 바 있다.[49]

49 Nestle, M. (2005). quoted by Pamela Rice in 101 Reasons why I'm a
    Vegetarian, p.74.

USDA의 1차 개정판인 2005년 '마이 피라미드 My Pyramid' 지침은 수직분류법에 따라 모든 음식물을 골고루 섭취하되, 과일과 야채류를 곡류 다음으로 많이 섭취하도록 권장하고 있으며, 지방과 당류의 섭취를 제한할 것을 강조하고 있다. 또한, 곡류는 도정하지 않은 통곡류를 절반 이상 섭취할 것, 야채는 다양한 종류를 먹고 과일을 많이 먹을 것, 과일 주스라도 마실 것, 유제품은 칼슘이 많이 함유된 종류를 고를 것, 육류와 콩류는 저지방 low-fat 혹은 기름기 없는 lean 것을 선택해 단백질 공급원으로 삼도록 권장하였다. 또한, 신체 활동의 중요성을 나타내기 위해 사람이 계단을 오르는 것으로 표시하였다.

2011년 미국 농무부는 20년간 '식품 피라미드'를 홍보했으나 그것이 낙농업체와 육류 업체들의 로비로 인해 지나치게 영향을 받았다는 비판을 받았고 복잡하고 모호한 피라미드식 식품권장으로 실효를 거두지 못하자 이를 대신해 '마이 플레이트 My Plate'라는 것을 내놓았다.

이 '마이 플레이트'는 4분할 된 둥근 접시 형태의 모양으로 새로운 4가지 식품군인 곡류, 채소, 과일, 단백질로 구성되었고, 필수 식품군에서 육류, 기름, 단 식품이 빠졌다. 유제품도 작은 원으로 별도로 그려졌다. 일단 접시 모양의 표는 기존의 음식 피라미드보다 훨씬 간결해졌다는 평가다. 특히 고기 위주의 기름진 음식을 많이 먹는 미국인들의 식사에 과일과 야채가 절반을 차지하도록 구성한 것은 큰 변화로 평가되고 있다.

마이 플레이트의 과일과 채소에 대한 50%의 강조와 평판 이미지의 단순성과 이해 가능성은 호평을 받았다. 그러나 이 지침은 몇 가지 점에서 비판을 받았다. 단백질은 다른 식품군에서 얻을 수 있기에 포함될 필요가 없다는 점, 유제품이 포함될 필요가 없다는 점, 단백질도 채식 식품과 같은 건강에 좋은 단백질 공급원이 있고, 육류와 같은 좋지 않은 단백질 공급원이 있다는 것 등.

뉴욕 대학의 영양·식품 연구 및 공중보건과의 전 학과장이었던 매리언 네슬레 Marion Nestle 박사에 따르면, "이런 지침들이 말하는 바에 따라 엄청난 돈이 좌우된다."[50] 그녀는 미국 보건복지부 HHS와 미국 농무부 전문가로서의 작업에 대해 이야기하면서 "나는 농무부가 허용하지 않기 때문에 우리는 '고기를 덜 먹으라'고 말할 수가 없다고 들었다."[51]고 말했다.

농무부가 발표한 마이 플레이트에 대해 하바드대학교 보건대학에서는 이 식사 지침이 이전보다 개선되기는 하였지만, 최선의 식생활 지침서가 되지 못한다고 하며 식품회사 로비로 인한 정치적·상업적 압력을 받지 않은 순수한 과학적 근거로 만들어졌다고 하는 '건강 식사 접시 Healthy Eating Plate'라고 하는 지침서를 발표하였다. 이에는 유제품군이 빠져 있고, 우유 대신 물을 마시도록 권장하고, 단백질은 생선, 조류, 콩, 견과류 가운데서 섭취하고 다양한 질병을 일으키는 육류는 피하든지 줄이도록 권고한다.[52]

---

50 Heid, Markham. "Experts Say Lobbying Skewed the U.S. Dietary Guidelines". Time. Retrieved 2017-06-26.

51 Heid, Markham. "Experts Say Lobbying Skewed the U.S. Dietary Guidelines". Time. Retrieved 2017-06-26.

52 http://www.hsph.harvard.edu/nutritionsource/healthy-eating-plate-vs-usda-myplate

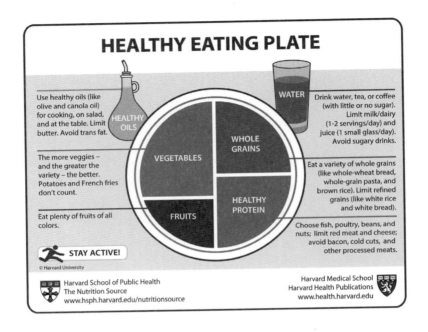

사실, 미국 농무부에서 발표하여 온 식사 지침들은 앞에서 본 바와 같이 비평을 받아오면서 점진적으로 발전해왔다. 그렇지만, 낙농업체와 육류 업체들의 강력한 로비로 인해 최선의 식사 가이드가 되지 못했다.

하버드대학교 보건대학의 '건강 식사 접시'는 이에 비해 더 개선된 가이드를 제공하였으나 최선의 식사 지침은 되지 못한다.

최선의 식사 지침은 '책임 있는 진료를 위한 의사협회'가 1991년에 발표한 과일류, 곡류, 채소류, 콩류로 구성된 '4가지 식품군'이라 할 수 있다.

한국에서는 1980년대부터 복지부, 농축산부, 식약처가 각각 식생
활지침을 제시하여 왔는데, 2016년도에 보건복지부, 농림축산식품
부, 식품의약품안전처가 함께 다음과 같은 '국민공통식생활지침'을
발표했다.[53]

국민공통식생활지침

❶ 쌀·잡곡, 채소, 과일, 우유·유제품, 육류, 생선, 달걀, 콩류 등 다양한
식품을 섭취하자.

❷ 아침밥을 꼭 먹자.

❸ 과식을 피하고 활동량을 늘리자.

❹ 덜 짜게, 덜 달게, 덜 기름지게 먹자.

❺ 단음료 대신 물을 충분히 마시자.

❻ 술자리를 피하자.

❼ 음식은 위생적으로, 필요한 만큼만 마련하자.

❽ 우리 식재료를 활용한 식생활을 즐기자.

❾ 가족과 함께하는 식사 횟수를 늘리자.

위의 식생활 지침을 보면, 여러 유익한 식생활 지침이 담겨 있는
것을 볼 수 있다. 하지만 권장 식품 가운데 채식 식품들과 함께 각

---

53 http://www.mohw.go.kr/front_new/al/sal0301vw.jsp?PAR_MENU_ID=04&
MENU_ID=0403&CONT_SEQ=330959&page=1

종 현대병들을 야기시키는 육류, 달걀, 유제품들이 포함되어 있는 것을 볼 수 있다.

이는 한국 역시 국민식생활 지침을 제시하는 정부 부처들이 국민 건강뿐만 아니라 농림축산 산업을 촉진시켜야 하고 축산 등 연관업 체들의 이해관계와 영향으로 인하여 국민건강을 위한 최적의 식생 활 지침을 제시하지 못하고 있는 것으로 볼 수 있다.

ᅵ 육식을 해야 하나, 채식을 해야 하나?

생활습관성 질환이 증가하고 채식이 건강에 좋다는 인식이 확산 되면서 채식 열풍이 거세다. 한국채식연합에 따르면 국내 채식 인구 가 인구의 약 2%, 즉 100만 명이 넘는 것으로 추산하고 있다. 국내 채식 레스토랑 및 채식 베이커리는 300여 곳으로 5년 전보다 2배 이 상 늘었다. 대학가에는 채식동아리가 늘고 있다.

채식은 웰빙 열풍이 일면서 이미 전 세계적인 추세가 되었다. 미국 시장조사기관 민텔 Mintel 은 2017년 푸드 트렌즈 Food Trends 로 '비건, 채식주의자와 채식 식품의 확대'를 꼽기도 했다.

채식인들은 유제품이나 달걀도 안 먹는 비건 Vegan 베지테리언, 유 제품은 먹는 락토 Lacto 베지테리언, 달걀은 먹는 오보 Ovo 베지테리 언, 유제품과 달걀은 먹는 락토 오보 Lacto Ovo 베지테리언, 물고기 는 먹는 페스코 Pesco 베지테리언, 채식을 하지만 간혹 상황에 따라 육식을 하는 플렉시테리언 Flexitarian 베지테리언 등 다양한 유형으로 나눌 수 있다.

일반적으로 채식을 할 경우 유익한 점들로 다음 4가지를 꼽는다: 건강에도 좋고, 동물을 죽이지 않아도 되며, 가축 사료로 사용되는 막대한 곡물로 기아를 해결할 수 있고, 에너지를 적게 소모하고 온실가스를 적게 배출하기 때문에 지구온난화 문제도 방지할 수 있다. 채식을 하여 이와 같이 많은 문제들이 해결된다면 채식으로 전환하는 것이 합리적인 선택이 될 것이다.

그렇지만, 육식이 좋은가, 채식이 좋은가 하는 것은 아주 논란이 많은 주제이다.

최근 '채식만으로는 건강할 수 없다'고 하는 주장 또한 시선을 끌고 있다. 이들은 고기를 먹지 않고 채식만 고집하는 식단은 위험하기에 육식과 채식을 함께하는 균형식을 해야 한다고 주장한다.

그 가운데는 『채식의 배신』, 『채식의 함정』과 같은 책들과 함께 〈MBC 다큐스페셜〉 '채식의 함정' 등 방송에서 의사, 교수, 영양사 등 전문가들이 나와서 채식은 위험하다고 경고하는 것을 볼 수 있다.

〈MBC 다큐스페셜〉 '채식의 함정'은 많은 사회적 파장을 가져 왔는데, 베지 닥터, 채식평화연대 등 단체들로부터는 공정성과 진실성을 침해한 왜곡된 방송이라 하여 항의와 비판이 잇달았다.

심지어, 이탈리아에서는 한 의원이 16세 이하 자녀에게 채식을 강요하여 자녀가 병들게 하는 부모를 징역에 처하게 하는 법안을 제출했다고 한다. 성장기에 있는 자녀들이 육류와 달걀 등 동물성 음식을 섭취하지 못할 경우 철분과 아연, 비타민 B12 부족으로 심각한 영양 결핍과 빈혈, 사망을 초래할 수 있다고 이유를 들었다.

의학전문 홍혜걸 기자 사이트의 〈영양학적으로 짚어보는 채식주의의 허와 실〉기사[54]는 채식의 긍정적인 측면으로 채식주의 식단이 건강에 좋은 점과 육류를 과다 섭취하면 건강에 치명적인 면을 먼저 다루어 채식의 위험과 육식의 필요성만 강조하는 글들과 달리 균형감이 돋보인다.

이 기사는 다음과 같이 채식의 부정적인 측면을 요약하고 있다.

첫째, 극단적인 채식은 건강의 불균형을 초래할 수 있다. 동물성 식품에서 쉽게 섭취할 수 있는 철분, 칼슘, 엽산, 비타민 B12 등의 부족이 올 수 있다. 특히 임신했을 때 엄격한 채식을 하게 되면 태아의 건강에 위협이 될 수 있다. 채식에서 공급받기 어려운 영양소 결핍으로 태아의 뇌세포 발달에 영향을 끼칠 수 있기 때문이다.

둘째, 육식을 해야 몸에 필요한 영양을 섭취할 수 있다. 육류는 훌륭한 단백질 공급 식품이다. 우리 몸에서 만들어내지 못하는 아홉 가지 필수아미노산을 골고루 함유하고 있기 때문이다. 또한 육류에 포함된 양질의 단백질은 체내 면역기능을 높여준다. 반면 분해되지 않는 식물성 단백질인 렉틴은 혈액으로 흘러 들어가 크론병, 류머티즘성 관절염, 제1당뇨병, 다발성 경화증 등 자가면역질환에 걸릴 위험이 높아진다.

---

54 최초희. (2017.1.3). 영양학적으로 짚어보는 채식주의의 허와 실. 홍혜걸의
    의학채널 비온 뒤.

이러한 내용은 대부분의 다른 채식 반론들에서도 거론하는 내용들이다. 추가로, 채식만으로는 균형 잡힌 식단을 꾸미기가 쉽지 않다는 것도 육식을 해야 한다는 이유로 거론된다. 필수 영양소를 알약으로 대체하는 것은 한계가 있고 효과가 동일하지도 않고 세심한 영양학적인 주의를 기울이지 않으면 안 된다는 것이다. 그럼, 이러한 논란들에 대하여 하나씩 검토해 보자.

첫째, 채식은 철분, 칼슘 등 무기질 부족을 가져올 수 있는가?

경희대 동서의학대학원 의학영양과 박유경 교수팀은 채식인과 비채식인의 모발 내 무기질 함량과 영양상태를 조사하여 그 결과를 2011년 한국영양학회지에 발표하였다.[55]

이 연구에는 30명의 장기 비건 채식인, 15명의 락토 오브 채식인, 30명의 비채식인이 참여하였는데, 모발 분석 결과 칼슘과 철분은 비채식인보다 비건과 락토 오브 채식인의 모발에서 더 높았다. 모발 내의 아연 농도는 그룹간에 유의미한 차이가 없었다. 그 결과는 채식인의 식단이 비채식인의 식단과 최소한 동등한 수준으로 무기질 상태를 유지하는 데 적합하다는 것을 시사한다고 결론지었다.

채식 식단에는 칼슘, 철분, 아연 등 다양한 무기질 미량 영양소 공급원이 되는 식품들이 많이 있다.

하지만 채식 식품도 영양을 고려하여 섭취하지 않으면, 칼슘, 철분 등 무기질이 부족하여 골다공증, 빈혈 등 질환에 걸릴 위험이 있는

---

55 조정희, 김미경, 김소현식별저자, 조상운식별저자, 박유경. (2011). 채식과 비채식인의 모발 내 무기질 함량과 영양상태의 관련성. *한국영양학회지* 44:3, 6, 203-211.

것은 사실이다. 그래서 무기질 함유가 풍부한 식물성 식품들을 섭취해야 하는데, 그것은 다음에 요약되어 있다.

- 칼슘
  브로콜리, 녹색 잎채소(케일, 복 쵸이, 콜라드 및 순무 채소와 같은), 두부, 흑설탕 당밀, 병아리콩, 많은 콩들, 참깨, 해바라기 씨앗, 아몬드, 아마씨, 브라질넛, 말린 무화과, 말린 과일.
- 철분
  녹색 잎채소와 바다 채소, 콩류, 견과류와 씨, 블랙 스트랩 당밀, 말린 과일, 수박, 자두 주스, 시금치, 곡류, 전곡류.
- 아연
  호박씨, 통곡류, 콩류, 완두류, 대두류, 견과류, 해바라기 씨앗, 밀 배아, 효모, 병아리콩, 케일 종류, 시금치, 옥수수.

비타민 B12란? 여러 정보들은 완전채식을 하면 악성빈혈증이나 신경정신장애 등 비타민 B12 결핍증상이 나타날 수 있다고 한다. 이 대부분의 자료들에서는 비타민 B12가 동물성 식품이나 유제품에만 들어있다고 설명하고 있다. 그 이유는 식물성 발효식품과 해조류에 비타민 B12가 다량 들어있다는 사실이 아직 제대로 반영되지 않고 있기 때문이다.

사실상, 하루에 아주 극소량인 2.4µg microgram 만을 필요로 하는 비타민 B12는 미생물, 박테리아, 곰팡이를 통해 만들어지는데, 사람의 잇몸, 편도선, 소장에서 생성되기도 한다.

그리고 한국인들이 즐겨 먹는 된장, 청국장, 간장, 고추장, 김치와 같은 발효 식품, 그리고 김, 파래, 다시마 등 해조류 등 식물성 식품에도 상당량 함유돼있는 것으로 밝혀졌다. 그러므로 이런 채식을 하면서 이러한 발효식품과 해조류를 먹을 경우 비타민 B12 섭취 부족 문제는 없게 된다. 콩류 발효식품과 김 종류에 포함되어 있다는 것이 밝혀지면서 왜 옛날 한국의 전통 채식인들이 비타민 B12 결핍에 걸리지 않았는지 밝혀졌다.

화학비료를 사용한 채소류에서 찾을 수 없던 비타민 B12를 화학비료를 사용하지 않은 유기농 채소류에서 높은 양의 비타민 B12를 발견한 연구 등을 볼 때, 가능한 유기농 농산물을 섭취하는 것이 바람직하다.

비타민 B12가 충분히 함유된 식품을 섭취하지 못할 경우에는 씨리얼이나 두유 등에 비타민 B12를 추가한 강화식품을 섭취하거나 비타민 알약을 먹을 필요가 있을 것이다.

둘째, 육식을 해야 필요한 영양을 섭취할 수 있나?

얼마 전 유튜브로 육식과 채식에 대한 대담 TV 방송을 볼 수 있었다. 여러 전문가 의사들과 영양사 가 나와서 육식과 채식을 비교하며 '채식 위주의 식생활'을 하면 당장 영양실조에라도 걸리게 된다는 듯이 '육식과 채식의 균형식'을 강조하였다. 그런 가운데, 불치 암으로 사망선고를 받았던 환자가 채식을 통해 건강을 회복하여 대담석에 나와서 자신의 경험과 채식이 좋은 점을 이야기하였다. 그러자, 전문가들은 그가 회복된 것은 행운이지만 투병을 위해서는 체력이 뒷받

침해야 하므로 단백질이 많은 육식을 해야만 한다고 이구동성으로 이야기하였다.

사실, 육식과 채식의 문제는 '동물성 단백질인가, 식물성 단백질인가?'라 할 수 있을 정도로 단백질 문제에 초점이 많이 맞추어져 있다.

단백질은 다 같은 것일까? 과연 어떤 단백질이 좋은 단백질일까?

사람들은 '채식'이라는 단어를 들으면 '선입견'을 가지고 불완전 식사로 간주한다. 그리고 양질의 단백질 섭취를 위해서는 동물성 단백질이 풍부한 육류를 섭취해야 한다고 생각한다.

과연 그럴까? 한번 살펴보고 비교해 보자.

식품 단백질은 생명 유지에 필요한 아미노산을 포함하고 있기 때문에 중요하다. 피부와 손톱, 머리카락, 근육, 뼈, 결합조직 등을 만들고, 중요한 호르몬과 뇌 신경전달물질, 항체, 소화효소 등을 합성하는데 인체는 이들 아미노산을 빌딩 벽돌처럼 이용한다. 또한 다른 저장 에너지가 부족하면, 단백질은 대체 에너지 공급원으로 이용되기도 한다.

이런 중요한 역할을 하는 단백질은 다음 식품들로부터 얻을 수 있다.

첫째는 동물성 단백질로, 쇠고기 등 육류, 닭고기 등 가금류, 생선, 달걀, 우유 등 유제품, 둘째는 식물성 단백질로, 콩, 두부, 곡물, 빵, 견과류, 브로콜리 등 녹색 채소류이다.

한국영양학회의 한국인 영양섭취기준에 따르면, 하루 총 섭취 에너지의 7~20%를 단백질을 통해서 섭취하도록 권장하고 있다. 성인 남자의 일일 단백질 권장량은 50~55g, 성인 여자의 일일 권장량은 45~50g이다. 한국인 남성 표준 기준치 몸무게가 약 60kg인 것을 감안하면, 몸무게 1kg당 약 0.8g의 단백질에 해당하는 양이다.

단백질은 아미노산으로 이루어져 있는데, 아미노산은 약 20가지가 있다. 그중에서 인체에서 만들지 못해서 반드시 음식으로 섭취해야 하는 9가지 필수 아미노산 히스티딘, 이소류신, 류신, 리신, 메티오닌, 페닐알라닌, 트레오닌, 트립토판, 발린 이 있다.

이 9가지의 필수 아미노산을 다 포함하고 있으면 완전 단백질 Complete Protein 이라고 하고, 필수 아미노산이 다 포함되어 있지 않으면 불완전 단백질 Incomplete Protein 이라고 한다.

육류와 유제품을 포함한 모든 동물성 단백질은 완전 단백질이고, 대부분의 식물성 단백질은 불완전 단백질이다. 식물성 단백질 중에도 완전 단백질인 식품들이 있는데, 대두콩, 퀴노아, 삼씨, 메밀은 매우 좋은 완전 단백질 공급원이다.

보통 동물성 단백질은 식물성 단백질보다 더 나은 아미노산 균형을 지닌다. 그러나 식물성 단백질도 서로 혼합하면 비슷한 균형을 얻을 수 있다. 즉, 한 식물성 단백질에서 아미노산이 하나 부족하다면, 다른 식물성 단백질에서 그 아미노산을 취할 수 있다.

예로, 밥과 두부, 된장국 같은 단백질이 풍부한 음식을 함께 먹으면 콩은 쌀에 부족한 필수아미노산인 리신을 보충해주고, 쌀은 반대로 콩에 부족한 메치오닌 같은 필수아미노산을 공급해주기 때문에 보완 효과를 볼 수 있게 된다. 주의할 점은 정제된 곡류보다 통곡류를 이용해야만 한다. 식품의 단백질은 정제될 때 상당량이 감소하기 때문이다.

"풀만 먹고 어떻게 힘을 쓰냐? 고기를 먹어야지 고기를…."

이런 말을 들은 사람이 많을 것이다.

채식 菜食 은 흔히 풀만 먹는다는 뜻으로 인식되어 채식은 영양이 부족하다는 편견에 힘을 더하고 있다. '채식'이라 하면, 먹던 식단에서 고기를 빼는 것으로만 생각하고 밥과 김치만 먹고도 채식한다고 하는 잘못된 관념을 가진 사람들도 있다.

바른 채식의 핵심은 통곡류, 콩류, 견과류, 종실류, 채소류, 해조류, 과일류를 골고루 먹는 것이며, 이런 채식 식품들에는 건강을 위해 필요한 모든 영양소가 구비되어 있다.

우리는 힘을 쓰기 위해서는 동물성 단백질을 먹어야 한다고 생각하기 쉽다. 그러나 지구에서 가장 힘센 코끼리나 코뿔소는 다 채식 동물이며, 힘센 소와 말 역시 채식을 한다.

스포츠 선수, 보디빌더, 운동을 통해서 몸 만드는 사람들에게 있어서 단백질은 신화처럼 받들어지고 많은 사람들이 동물성 단백질 섭취에 열을 올린다. 하지만 채식으로만 멋진 몸을 만든 보디빌더들도 세계적으로 많이 있다.

그 중, 빌 펄 Bill Pearl 은 보디빌딩 세계에서 가장 유명한 락토 오보 채식주의자다. 그는 39세에 채식주의자가 되어 1971년 네 번째 미스터 유니버스 타이틀을 차지하였다. 그는 그 후 육식을 하지 않고서도 만들어 놓은 근육을 충분히 유지할 수 있다는 것을 보여 주었다.

2017년, 미국과 이스라엘 공동 연구진은 남녀 약 3,000명을 대상으로 식단은 물론 근육량, 근력, 골밀도 등을 조사해서 근육을 만들려면 고기를 먹지 않고 콩을 먹어도 똑같이 효과가 있다는 사실을 연구를 통해 밝혀냈다.[56]

이 연구는 콩만 먹어 단백질을 보충한 사람도 고기를 먹어 단백질을 섭취한 사람만큼 근육의 건강이 향상됐다는 것을 보여줌으로써 콩류나 견과류 등 단백질을 함유한 채식을 해도 육식을 하는 사람들과 같은 효과를 얻을 수 있음이 밝혀졌다.

다른 유형의 단백질들이 서로 보완하는 효과를 얻기 위해서는 하루 일정한 시간 안에 섭취해야 한다. 그러나 꼭 한 끼에 다 같이 먹을 필요는 없다. 따라서 기호에 따라 다양한 식품 선택이 가능하고 매끼 단백질 균형이 제대로 갖추어져 있는지 걱정할 필요도 없다.

적절한 칼로리를 포함하고 있고, 정제되지 않은 다양한 곡류와 콩, 채소를 포함한다면, 채식은 건강한 사람의 단백질 필요량을 충분히 채울 수 있다.

세계 영양학회에서는 육류와 유제품에 대한 왜곡되고 과도한 선전과 세뇌공작으로 인하여 세계인의 건강이 엄청난 위협을 받아오고 있음을 지적해왔다.

미국 영양학협회는 음식과 영양소에 대한 전문가들을 중심으로 한 세계에서 가장 큰 조직이다. 미국 영양학협회는 전통적으로 채식 식사를 주창하지는 않았으나 1988년에 채식인의 식사를 지지하는

---

56 Mangano K., et al. (2017). Dietary protein is associated with musculoskeletal health independently of dietary pattern: the Framingham Third Generation Study. Am J Clin Nutr 105 (3), 714-722.

것을 다음과 같이 공표하였다. "미국 영양협회는 채식인의 식사가 건강에 좋으며 적당하게 계획되었을 때에는 영양학적으로 충분하다고 확신한다."[57]

2003년에 미국과 캐나다의 영양학협회는 채식식사와 관련하여 제기되는 영양소 문제들 곧 단백질, 철분, 아연, 칼슘, 비타민 D, 리보플래빈, 비타민 B12 등에 관하여 최근의 과학적인 증거들을 제시하면서 다시 한 번 그 타당성을 공식적으로 발표하였다.

2009년 7월 미국 영양학협회는 채식인들의 식이요법과 관련하여 업데이트된 다음과 같은 보고서를 발표하였다.

미국 영양학협회의 입장은, 적합하게 계획된 완전채식 또는 비건 식단을 포함한 채식주의 식단은 건강적이고, 영양적으로 충분하며, 질병을 예방하고 치료하는 데 있어 건강상 유익을 제공할 수 있다는 것이다. 잘 계획된 채식주의 식단은 임신, 수유기, 유아기, 유년시절, 그리고 청년기를 포함한 인생의 모든 생활주기에 적절하고, 운동선수에게도 적절한 방식이라 할 수 있다.[58]

콜린 캠벨 T Colin Campbell 박사는 영양 섭취에 관한 가장 포괄적인 연구인 '중국연구 The China Study'에서 다음 영양소 구성표를 제시하였

---

57 Position of the American Dietetic Association (1988): vegetarian diets-technical support paper. J Am Diet Assoc Mar;88(3):352-355.

58 Journal of American Dietetic Association. (2009) Position of the American Dietetic Association: Vegetarian Diets. 109:1266-1282.

는데, 500칼로리당 식물과 동물계 식품의 영양 성분을 보여준다.[59]

캠벨 박사는 육류를 먹는 것은 식물성 식품을 먹는 것과 전혀 다른 경험이며, 동물성 식품에 있는 영양소들 중 식물성 식품의 영양소보다 더 나은 것은 사실상 없다고 한다.

이 표에서 볼 수 있듯이 식물성 식품은 동물성 식품보다 산화방지제, 섬유질, 무기질이 월등히 많다. 실상, 동물성 식품들은 이런 영양소들이 거의 없다. 반면에, 동물성 식품은 콜레스테롤과 지방이 식물성 식품보다 훨씬 많다. 식물성 견과류와 씨앗도 지방과 단백질 함량이 높지만, 그 둘은 다르다. 식물성 지방과 단백질은 동물성 지방과 단백질보다 건강에 더 좋다.

식물성과 동물성 식품들의 영양소 구성 (매 500 칼로리 에너지 당)

영양소	식물성 식품들	동물성 식품들
콜레스테롤(mg)	–	137
지방(g)	4	36
단백질(g)	33	34
식이 섬유(g)	31	–
비타민C(mg)	293	4

---

59 Campbell, T. & Campbell, C. (2006). The China Study. P. 230. BenBella Books. Dallas, TX 75206.

철분(mg)	20	2
칼슘(mg)	545	252
베타 카로틴(mcg)	29,919	17
비타민E(mg ATE)	11	0.5
엽산(mcg)	1168	19
마그네슘(mg)	548	51

식물성 식품: 시금치, 토마토, 리마콩, 완두콩, 감자와 같은 부분
동물성 식품: 쇠고기, 돼지고기, 닭고기, 전유(全乳)와 같은 부분

2005년에 발표된 한 주요 연구[60]는 동물성 식품과 심장 문제의 연관성을 재확인하였다. 미국 역학 저널 American Journal of Epidemiology 에 발표된 이 연구는 29,000명의 참가자 중 가장 고기를 많이 먹은 사람들이 심장 질환의 위험이 가장 높은 것으로 결론지었다. 연구팀은 또한 두부, 견과류, 콩 같은 식물성 원료에서 단백질을 많이 섭취하면 심장 질환 위험이 30% 감소한다고 보고했다. 이 연구를 주도한 린다 캘맨 Linda E. Kelemen 박사는, "단백질이 모두 같지 않다"고 하였다. 식물성 단백질은 우리의 심장을 건강하게 유지하는 데 도움을 줄 수 있지만, 동물성 단백질을 먹으면 우리를 이른 시기에 무덤에 넣을 수 있다고 한 것이다.

60　Kelemen, L.E., Kushi, L.H., Jacobs, D.R. Jr, & Cerhan, J.R. (2005). Associations of dietary protein with disease and mortality in a prospective study of postmenopausal women. Am J Epidemiol. 161:239-249.

2016년에 발표된 한 연구[61]는, 단백질 종류와 사망률 사이에 명백한 상관관계가 있는 것을 보여 주었다. 성인13만 1,342명을 20~30년간 추적 조사하고 그들의 식단을 분석한 결과, 식물성 단백질 섭취를 8% 늘리면 사망률이 10% 줄어들고 심혈관질환에 걸릴 위험은 12% 감소한다는 결과가 나왔다. 그와 반면에, 동물성 단백질 섭취를 10% 늘리면 사망률이 2% 증가하고 심혈관질환 발병 위험이 8% 증가하는 것으로 나타났다.

동물성 단백질 칼로리 3%를 식물성 단백질로 바꾼 것은 조기 사망의 위험을 전반적으로 낮추었다. 조기 사망 위험은 사람들이 가공 육고기를 적게 먹으면 34%, 붉은 육고기를 적게 먹으면 12%, 알을 적게 먹으면 19% 줄게 하였다.

2015년 10월, 세계보건기구 WHO 산하 국제암연구소 IARC 는 붉은 고기 포유류 고기 와 가공육을 발암물질로 분류한 보고서를 발표해 큰 충격을 줬다. 10개국 22명의 과학자들이 모여서 800개 이상의 연구들을 조사한 결과에 따르면, 붉은 고기는 하루 100g을 먹을 때마다 대장암에 걸릴 위험성이 17% 증가하고 가공육은 하루 50g을 먹을 때마다 18%가 증가한다. 이를 바탕으로 붉은 고기를 '암을 유발할 수 있다'는 2A급 물질로, 가공육을 '암을 유발한다'는 1급 물질로 분류하며 육류 섭취 위험을 경고하였다.[62]

---

61 Song M, Fung T, Hu F, et al. (2016). Association of animal and plant protein intake with all-cause and cause specific mortality. JAMA Intern Med; doi : 10.1001 / jamainternmed.2016.4182.

62 International Agency for Research on Cancer. (2015). Volume 114:

미국 역사상 가장 오랜 역사를 갖고 있는 임상 연구인 프래밍험 심장 연구 Framingham Heart Study 를 감독한 윌리엄 카스텔리 William Castelli 박사는 심장병에 대해 "미국인들이 채식을 하면 모두 사라질 것"이라고 하였다. 그는 미국인들이 "고기를 먹도록 세뇌당했다."고 하였다.

육식이 심장병에 미치는 부정적 영향에 대한 축적된 연구 결과들은 미국 심장학회 회장을 역임한 킴 윌리암스 Kim Williams 박사로 하여금 다음과 같이 말하도록 이끌었다:

"두 종류의 심장 전문의가 있다: 비건 채식주의자와 데이터를 읽지 않은 사람들."

이와 같이 육식은 사람의 건강을 해롭게 할 뿐만 아니라 지구의 건강에 지대한 악영향을 미친다.

유엔 식량농업기구FAO의 보고서 「축산업의 긴 그림자 Livestock's Long Shadow」[63]는 축산업을 기후변화의 최대 원인으로 밝히고 있다. 이 보고서에 의하면 전 세계 온실가스의 18%는 가축이 내뿜는 메탄가스이며, 이는 교통수단에서 배출되는 온실가스 13% 보다 많다. 이 메탄가스는 이산화탄소보다 21배의 온실효과를 일으킨다.

식량농업기구 FAO 의 가축 정보 정책부 소장인 헤닝 스테인펠드 Henning Steinfeld, Chief 씨는 "가축은 오늘날 가장 심각한 환경 문제를 일으키는 주범이다. 이 상황을 극복하기 위해서는 신속히 대처해야

Consumption of red meat and processed meat. IARC Working Group. Lyon; 6-13. IARC Monogr Eval Carcinog Risks Hum (in press).

63 http://www.fao.org/docrep/010/a0701e/a0701e00.HTM

한다."라고 말했다.[64]

지난해 영국 옥스포드대 연구팀은 '미국 국립과학원회보 PNAS'에 실린 미래연구[65]를 통해 "완전 채식주의 식습관이 세계적으로 확대되면 2050년까지 800만 명 이상의 목숨을 구하고, 온실가스 배출량을 3분의 2 수준으로 줄일 수 있다"고 밝혔다.

연구팀은 육식을 조금만 줄이고 적절한 양의 과일과 채소만 섭취해도 2050년까지 510만 명의 목숨을 구할 수 있고, 채식주의 식단으로 바꿀 경우 730만 명, 비건 채식 식단으로 바꿀 경우 810만 명까지 구할 수 있다고 한다. 또한, "육류를 줄여 기후 변화와 관련한 손해에 대해 세계적으로 1.5조 파운드 약 2,483조 원 의 비용을 절약할 수 있다."고 강조했다.

이런 가운데 최근, 로마린다대 연구팀의 눈길을 끄는 연구[66]가 발표되었다. 이 연구는 "미국이 쇠고기 대신 콩을 주로 먹는 식단으로 바꾼다면 온실가스 감축에 큰 효과가 있을 것"이라고 분석해 관심을 모으고 있다. 이 연구를 주도한 헬렌 하왓Hellen Harwatt 박사는 "연구결과, 쇠고기 대신 콩으로 식단을 바꾼다면 미국이 2020년까지

64 http://www.fao.org/newsroom/en/news/2006/1000448/index.html

65 Springmann, M., Godfray, H. C., Rayner, M., & Scarborough, P. (2016). Analysis and valuation of the health and climate change cobenefits of dietary change. PNAS: 113, 15, 4146-4151.

66 Harwatt, H., Sabaté, J., Eshel, G., Soret, S., & Ripple, W. (May 11, 2017). Substituting beans for beef as a contribution toward US climate change targets. Clim Change. Published online.

온실가스 감축목표로 삼았던 것의 46~74%까지 달성이 가능하다."
고 설명했다.

그것이 가능한 것은, 지구 육지의 3분의 1을 고기와 축산물을 생
산하는 데 사용하고 있는데, 쇠고기 대신 콩을 먹는 식단으로 바꿀
경우 많은 농작물들이 소의 사육을 위해 이용되지 않게 되어 삼림
벌채와 토지 황폐화는 훨씬 줄어들 수 있다는 것이다.

우리가 이제까지 본 바와 같이 우리가 육식 혹은 채식을 선택하는
것은 우리의 건강과 수명에 막대한 영향을 미친다. 육식을 줄이고
채식을 늘리는 것은 개인적인 건강과 체중조절에만 도움이 되는 것
은 아니다. 그것은 매년 다르게 위험이 고조되는 지구와 인류를 위
해서도 진정 보탬이 되는 위대한 '첫걸음'이 될 수 있다.

우리 가족은 한국에 채식 열풍이 거세다는 소식이 놀랍기도 하고
감회가 새롭기도 하다. 아내는 1970년대 말부터, 나는 1982년부터
채식하였고, 아내는 뱃속부터 아이를 채식으로 키워왔다. 비건 채식
인으로 자란 딸은 한국 학교로 전학 가서 초·중·고 학교를 다녔는
데, 수학여행 가서 고기를 먹지 못하니 홀로 밥과 김치, 김만 먹기도
하였고, 같은 반 전체가 통닭을 먹었을 때 함께 나온 치킨무만 먹는
등 여러 겪은 일들이 있었기 때문이다.

딸은 간혹 유제품과 계란을 먹은 적이 있었지만, 육류와 생선 등
해산물은 먹은 적이 없다. 그렇지만, 교통사고로 다치는 등 비상사
태가 생기지 않는 한 아프지 않아서 병원에 갈 일이 없었다.

딸도 크고 나서 건강의 소중함을 깨달으니 비건 채식인으로 길러

준 엄마에게 감사해 한다. 우리 부부 역시 다치거나 피치 못할 일로 인해 과로하지 않는 한 병원에 갈 일이 없었다.

나 또한 불치병에서 회복하는 데도 중요한 역할을 하였지만, 사람이 통곡 채식 습관을 가지면 면역력이 높아져서 건강하게 되고 질병과 멀어지는 것이 자연스러움을 깨닫게 된다.

자신의 건강과 지구와 인류의 미래를 위하여 어떤 식품을 선택하는 것이 좋을지 이제 현명하게 선택할 수 있을 만큼 많은 증거들이 있다.

선택은 자신의 몫이다. 우리는 더 이상 왜곡된 정보로 잘못된 선택을 할 필요가 없다.

│ 책임있는 진료를 위해 앞장서는 의사들

미국 사회에 큰 반향을 일으킨 한 사례를 살펴보자. 3년 전, 미국 심장학회 회장으로 선출되었고 시카고 러시 Rush 대학의 심장 전문의인 킴 윌리엄스 Kim Williams 박사는 자신의 LDL 콜레스테롤 수치가 170mg/dL로 심장질환 위험이 매우 높다는 것을 알게 되었다.

그가 어떤 조치를 취해야 한다는 것을 느꼈을 때, 한 심장질환자가 딘 오니쉬 Dean Ornish 의사의 채식 식사, 운동 및 명상을 포함하는 "심장 질환 역전 Reversing Heart Disease"을 위한 프로그램에 참석한 후에 6주 안에 심장질환이 치유된 것을 발견하였다.

그는 이와 관련하여 문헌들을 검토하였다. 그는 건강한 식습관을 실천하고 있다고 생각했다. 왜냐하면, 붉은 육류와 튀김 음식을 먹지 않고, 소량의 유제품과 닭가슴살과 생선을 섭취하고 있었기에. 그러나 인터넷으로 검색해 보고는 닭가슴살 식사에는 돼지고기보다 콜레스테롤 함량이 더 많은 것을 발견하였다.

그날로 그는 콜레스테롤이 없는 식물성 음식을 섭취하기 시작하였고 완전 채식주의자 Vegan이 되었다. 6주 이내에 그의 LDL 콜레스테롤 수치는 안전 수치 이하인 90mg/dL로 떨어졌다. 그는 이 극적인 변화의 경험을 블로그를 통해 전하였다.

그는 자신의 경험을 통하여 미국 심장 협회 예방 지침이 완전 채식 Vegan을 특정하여 권장하지 않는 것을 흥미있는 일로 보았다.

그리고 다음과 같이 그의 글을 마무리하였다.

"우리가 한두 세대 안에 폐업되도록 하는 것은 미국 심장 학회의 칭찬할 만한 목표가 아닐까? 우리는 심혈관 질환 예방을 위하여 오랜 길을 걸어 왔지만, 아직도 갈 길이 멀다. 향상된 생활양식과 향상된 식습관으로 우리의 생활 양식을 향상시키는 것은 우리가 거기에 도달하는 데 도움이 될 것이다."

분명히, 그는 사람들이 채식주의자가 되면 심장 질환이 제거될 수 있음을 암시한 것이다.

현재 대다수의 의사들은 대안이 없기에 치료 효과가 떨어지고 부작용이 많은 현대의학적 의술을 시행하고 있으나 병이 생겼을 때 의사나 약에 의존하지 말고 인체의 자연 치유력에 맡기라고 주장하고 시행하는 서양의학을 전공한 의사들도 세계적으로 볼 때 많이 있다. 한국에서도 『의사의 반란』이란 책을 펴낸 '약 없는 임상의학회'

신우섭 회장을 포함하여 의학계에서 자연치유 방법으로 치료하고 환자들이 자신의 몸을 지키도록 교육하는 의사들이 시간이 갈수록 더욱 늘어나고 있다.

죠지 워싱턴 의과대학 George Washington University School of Medicine 교수인 닐 버어나드 Neal Bernard 정신과 의사는 1985년 '책임 있는 진료를 위한 의사협회 The Physicians Committee for Responsible Medicine'를 설립하였는데, 이 단체는 지난 30년간 심장병, 암, 당뇨병 등 생활습관질환들을 야기시키는 육식과 유제품의 위험을 경고하고 채식 위주의 식사를 권장하는 캠페인과 연구를 지속해 왔다. 약 1만 명의 의사 회원을 가진 이 협회는 육식, 유제품, 패스트푸드 업체들의 과대 혹은 거짓 광고들을 폭로하고 시정토록 하였고, 미국 농무부가 발표한 미국인 식사 가이드를 만든 위원회 위원 11명 중 6명이 식품 회사들과 연관되어 건강에 해로운 식품들 소비를 조장하도록 한 이유로 미국 농무부 장관 및 관련 인사들을 법정에 고발하여 우유와 같은 유제품 대신 두유로 대체할 수 있도록 위원회가 받아들이도록 하는 등 일부 승소하기도 하였다.[67]

'현대의학의 아버지'로 불리우는 윌리암 오슬러 William Osler 박사 역시 "의사에게 있어서 첫째가는 의무 중 하나는 약을 복용하지 않도록 대중을 교육하는 것이다."라고 하였다.

의사는 스스로 건강 생활습관을 실천하여야 하며, 건강 법칙에 방해가 된다고 여기는 것들에 대해서 분명하게 말하고, 고통을 겪고

67 http://www.sourcewatch.org/index.php?title=Physicians_Committee_for_
Responsible_Medicine

있는 이들이 스스로 할 수 있는 것들을 행할 수 있도록 도와주어야
한다.

사실, 회복시키는 일은 의사가 아닌 환자의 신체 자체가 하기 때
문이다. 그래서 16세기, 수술의 아버지라 불리우는 프랑스 외과의사
인 앙브루아즈 파레 Ambroise Paré 는 다음과 같은 말을 남겼다. "나는
그에게 붕대를 감았고, 하나님은 그를 낫게 하였다 Je le pansai, Dieu le
guérit: I bandaged him, God healed him ."

시간이 가면서 상업화되어 가고 있는 과도한 공격적 치료의 부작
용으로 인해 의료계를 고발하고 개혁하고자 하는 목소리도 더욱 거
세어지고 있다. 이러한 목소리를 경청하고 참된 치유의 길로 나아갈
때, 의사는 자신이 책임지고 있는 환자들을 보호할 뿐만 아니라 시
대에 뒤처진 의료 행위와 그로 인한 문제들로부터 자신을 보호하는
결과를 가져오게 될 것이다.

사실, 현대의학적 의료 방식은 의사들에게도 가중된 부담을 가져
다주고 있으며, 의사들의 높은 우울증과 자살률은 오래전부터 주
목을 받아 왔다. 미국에서 의사들은 일반인보다 2배 높은 자살률을
보이고, 전문직 자살률 중 2위로 높고, 미국 내 매년 의사 자살 수
는 300~400명으로 1~2개 의대 졸업생 전체 수에 달한다.[68] [69]

---

68 Schernhammer, E. S., & Colditz, G. A. (2004). Suicide Rates Among
    Physicians: A Quantitative and Gender Assessment. Am J Psychiatry
    161:12.

69 Miller NM, McGowen RK. (2000). The painful truth: physicians are not
    invincible. South Med J. Oct;93(10):966-73.

그 원인으로는 과로, 탈진, 우울증, 수면부족, 알코올 등 요인들이 손꼽힌다. 또한, 우울증과 자살 충동을 느낄 때 전문가 도움을 찾지 않는 것 역시 치유 시기를 놓치는 요인이 되고 있다.

최근 데일리 비스트 The Daily Beast 지는 '어떻게 의사가 가장 비참한 전문가가 되었는가'라는 제목의 기사에서 의사로 지내는 것이 비참함과 굴욕감을 느끼도록 되어 가고 있다고 한다. 미국 내 많은 의사들은 미국이 의사와의 전쟁을 선언한 것으로 느끼며, 의사 10명 중 9명은 의사의 길로 들어서고자 하는 사람들을 만류하겠다고 한다.[70]

세계적인 정보화 시대를 맞아 과거 수동적이던 환자가 이제는 인터넷상에서 얻은 정보로 무장하여 적극적인 소비자로 변신하고 있다. 과거에 환자 '치료'에 집중하였던 의학은 '건강'과 '돌봄 Care'의 방향으로 바뀌고 있고, 의료서비스를 '양'이 아니라 '질'에 따라 구매하는 형태로 변화하고 있다.

이러한 글로벌 의료 경쟁 시대에 병원과 의사는 새로운 환자에 적응해야 하며 도태되지 않고 살아남기 위해서는 혁신적인 서비스와 새로운 이미지 마케팅이 필요하게 되었다.

이 정보화 시대에 최고의 이미지 마케팅과 혁신적인 의료 서비스는 증상치료만 하며 이익 추구만 하는 병원이나 의사가 아닌 진정으로 환자 편에 서서 그들을 교육시키고 자연치유력을 높이도록 참된 치유를 실천하는 것이 될 것이다.

---

70 http://www.thedailybeast.com/articles/2014/04/14/how-being-a-doctor-became-the-most-miserable-profession.html

UCLA 의대의 한 젊은 한인 심장전문의는 매년 수많은 심장혈관 스텐트 삽입 수술을 해왔는데, 최근에는 환자들이 수술이나 식생활 개선을 통해 치료할 수 있는 두 방법 중 선택할 수 있도록 하여 환자들이 수술을 받지 않고 증상이 호전되는 사례들을 많이 발견하고 다른 의료인들에게도 그것을 전하고 있다.

미국에서는 대체의학 혹은 통합의학이 대세가 되었다. 암센터 MD 앤더슨 병원을 비롯하여 최상급의 병원들이 대체의학 혹은 통합의학을 도입하여 운영하게 된 것 역시 시대의 요구를 반영하기 시작한 것이다.

첨단 의술이 줄 수 있는 모든 것보다 환자가 스스로를 위해 할 수 있는 것이 더 큰 것을 현대의학은 발견해 가고 있다. 그러므로 현재 의학계에서 의사와 병원 주도 의료서비스로부터 환자의 입장과 의사 결정권을 우선시하는 환자중심 의료서비스로 변화해 가고 있는 것은 자연스런 결과이다.

현대 생활습관질환 시대에 의사들은 환자가 자신을 위해 병을 만드는 생활습관들을 버리고 병을 고치는 생활습관들을 실천하도록 도와서 병의 원인을 제거하도록 돕는 것이 책임 있는 의료인으로서 무엇보다 중요한 역할이 될 것이다.

그럼, 몸과 마음의 참된 치유의 길들을 하나씩 살펴보자.

② 병의 원인을 제거하라

병은 원인 없이 결코, 생기지 않는다. 많은 사람들은 건강의 법칙을 무시하면서 생활하고 몸은 많은 혹사를 견딘다. 계속 반복되는 혹사를 더 견딜 수 없을 때 몸은 잘못된 것들을 제거하고자 하며, 그것이 열이 오르거나 다른 증상으로 나타난다. 사실 이런 증상은 잘못을 알려주는 경고로 원인을 찾아 고쳐달라는 몸의 신호이다. 그런데 그러한 증상의 경고를 무시하면서 계속 혹사하면 결국 질병이 생기게 된다. 그러므로 참된 치유를 위해서는 우선적으로 다음과 같이 병의 원인들을 제거하고 건강한 방향으로 생활습관을 변경시켜야 한다.

| 나쁜 것을 삼가고 절제

담배와 술을 절제한다. 또한 과로, 과식 등 무절제한 생활을 통하여 신체 조직이 병들었다면, 약을 사용하여 어려움을 없애려고 하지 말고 휴식, 절식 등으로 원인을 제거해야 한다.

햄버거, 감자튀김, 프라이드 치킨, 피자, 소시지 등 현대인에게 인기가 높은 패스트푸드의 내용물은 동물성 단백질, 지방, 소금, 설탕, 화학조미료 등으로 구성된다. 패스트푸드는 과도하게 열량이 높고, 포화지방산과 나트륨 함량이 높으며, 과일, 채소 등의 섭취부족으로 인해 비타민이 부족하여 영양 불균형을 초래하여 현대병의 원인이 되므로 최대한 절제하고 자연식으로 섭취한다. 음식 가운데 설탕, 화학조미료 사용을 최대한 절제하고, 기름지고, 맵고 짠 음식들을 절제한다.

| 현미 잡곡밥을 먹으며, 채식, 과일, 콩, 견과류를 골고루 섭취

특히, 현미 속에는 탄수화물, 지방, 단백질을 비롯하여 각종 현대
병을 예방하는 각종 비타민과 무기질, 필수 아미노산, 식이섬유 등
성분들이 많이 포함되어 있다. 또한, 혈액의 상태를 정상으로 만들
어주고 콜레스테롤의 수치를 낮춰준다.

한국인의 채소와 과일을 통한 영양 섭취가 턱없이 부족하다는 조
사결과가 나왔는데, 그것은 식생활의 균형이 깨진 것을 의미한다.
채소와 과일에는 비타민, 미네랄 외에도 현대병 예방을 위한 항산화
영양소가 풍부하기 때문에, 충분한 양의 신선한 채소와 과일 섭취
를 하는 것이 바람직하다.

성경은 "하나님이 이르시되 온 지면의 씨 맺는 모든 채소와 씨 가
진 열매 맺는 모든 나무를 너희에게 주노니 너희의 먹을거리가 되리
라."[71]고 하며 사람에게 원래 곡식과 과일, 채소, 콩, 견과류가 먹거
리로 제공된 것을 보여 준다. 이것이 최선책이고, 차선책으로 성경
은 노아의 홍수 이후 육식이 먹거리로 허용된 것을 보여 준다. 그리
고 그 이후 수명이 대폭 단축되었다.

---

71 창세기 1:29.

제 2부 더 큰 의학과 참된 치유

│ 물을 충분히 섭취

현대인은 몸이 절실히 필요로 하는 순수한 물을 마시지 않고, 그 대신 탄산음료, 커피, 술을 마신다. 그런데 이것은 오히려 사태를 악화시켜 그 속에 있는 카페인과 알콜 성분이 인체 내 수분을 빼앗아 간다.

물을 너무 적게 마셔서 걸리는 질병도 많이 있다. 천식과 알레르기, 고혈압, 요로결석, 신장결석, 당뇨, 변비 등 다양한 질병들이 물 섭취 부족과 연관이 있다.

그러므로 하루 6~8컵 정도 물을 마시는 것이 많은 질병의 예방과 치료를 돕는다. 식사 전 30분부터 식사 후 2시간 사이에 물을 마시는 것은 소화액을 희석시켜서 소화에 지장을 줄 수 있으므로 삼가고 기상 후와 식사 사이에 마신다.

│ 일찍 잠자기

사람이 낮에 일하고 밤에는 잠자는 것이 자연의 순리인데 그렇지 않고 현대인은 저녁식사를 늦게 먹고 밤늦게까지 잠을 자지 않는다. 밤 10시부터 2시까지 인체 내에서 성장호르몬 분비가 가장 많이 되는데, 이 성장호르몬은 낮 동안에 생긴 고장난 세포를 치유하고 재생시키는 매우 중요한 일을 한다.

잠과 자연살상 自然殺傷: Natural Killer 세포와의 연관성을 조사한 연구들은 잠이 부족하였을 때 중요한 인체 방어 역할을 수행하는 자연살상세포의 수가 크게 감소한 것을 보여 주고 있다. 잠을 잘 자고 나서 개운한 느낌을 가지는 것은 인체 치유 재생 회복 작업이 잘 수행된 것을 보여준다.

| 저녁식사를 일찍, 가볍게 먹기

그렇게 하여 잠잘 때는 위장이 비워져야 성장호르몬이 잘 분비되어 몸이 치유하고 재생시키는 작업을 잘할 수 있다. 그와 반면에, 늦게 먹고 자게 되면, 음식물 소화 흡수 및 노폐물 처리 작업을 하느라 중요한 치유 재생 작업을 제대로 하지 못하게 되고 그러한 생활습관을 계속하는 것은 질병을 부르는 것과 마찬가지인 결과를 가져온다.

그러므로 저녁식사를 일찍, 가볍게 먹어서 잠자리에 들어갈 때는 소화가 다 된 상태이어야 숙면을 취하고 신체의 치유·재생·회복 작업이 원활하게 이루어지게 된다.

| 금식, 2식, 과일식, 절식을 하고, 간식 금지

풍요병이라고도 불리우는 현대병들은 너무 많이 먹고 식사를 절제하지 않아 생기는 경우가 많다. 1주일에 1~2끼씩 금식하며 위와 장을 쉬게 해주는 것은 치유에 큰 유익을 줄 수 있다.

하루에 2식 식사를 하는 것도 좋으며, 저녁에 과일식사만 하는 것은 소화 부담을 줄이면서 신체가 필요로 하는 비타민, 무기질, 섬유질 등을 공급해 줌으로 치유 효과를 높일 수 있다.

또한, 과식을 하는 것은 소화기관에 무리를 가하여 소화기능을 저하시키게 만들게 되므로 피해야 한다. 과식은 노화를 촉진시키는 활성산소가 많이 발생하게 하고 면역기능과 해독능력을 저하시킨다. 그로 인해 여러 가지 질환들을 유발한다. 소화를 촉진시키기 위해서는 위장의 3분의 2 정도를 채우는 것이 가장 좋다.

간식은 이전에 섭취한 음식을 소화하는 일을 방해하므로 삼가야 한다. 음식이 제때에 소화하지 못하면, 발효하여 썩게 되고, 그것은 피를 혼탁하게 만들어서 건강에 치명타를 입힐 수 있다. 그러므로 약 5시간 식사 사이에는 생수만 마시고 조금의 간식도 피한다.

| 규칙적인 운동

사람은 원래 육체적인 노동을 하며 살아왔다. 그러나 과거보다 많아진 지방과 단백질 섭취에도 불구하고 현대인은 움직이지 않고 살아감으로 인해 이것이 생활습관 질환의 중요한 요인이 되었다.

걷는 운동은 근육을 많이 움직이게 해주므로, 걷게 되면 폐가 건강하게 활동할 수밖에 없다. 일주일에 5~6회 하루 30분씩 활기차게 걸으면 당뇨병, 심장병, 뇌졸중, 관절염 등 각종 생활습관 질환 예방과 치료에 뛰어난 효과를 가져다준다.

| 햇빛을 쬐고 신선한 공기를 마시기

햇빛은 생체조절, 우울증, 불면증 해소는 물론 뼈 건강, 정신건강에 좋다. 햇빛을 통해서 얻을 수 있는 것은 살균과 소독, 신진대사

촉진, 비타민D 합성, 산소와 영양 공급량 증가, 세로토닌과 멜라토닌 조절 등으로 하루에 15~20분 정도 햇빛을 쬐는 것은 신체적·정신적 건강에 크게 유익하다.

신체적 건강은 혈액의 질과 순환에 달려 있다고 할 수 있다. 식생활과 함께 호흡은 혈액의 질에 큰 영향을 미친다. 환기를 잘하여 깨끗한 공기를 충분히 들이마시면 폐가 산소로 가득 차고 피는 깨끗해진다. 날씨가 허락하는 대로 가능한 옥외에서 운동하게 되면, 신선한 공기와 햇빛을 자연스럽게 섭취하게 하여 여러 면으로 좋은 일이 된다. 가능하면, 산행을 한다면 더욱 유익할 것이다.

그러면, 병의 원인들을 제거하고 건강한 방향으로 생활습관을 변경시키는 데 있어서 자신이 얼마나 실천하고 있는지 아래에 체크해 보자. 그리고 실천하지 못하고 있는 것들은 실천할 수 있도록 계획을 세우고 하나씩 변경시켜 보자.

✅ 건강습관 체크 리스트

- 나쁜 것들을 삼가고 절제한다. 담배, 술, 마약, 흡입제, 커피 등.
- 태운 음식, 튀긴 음식, 기름진 음식, 짠 음식을 피한다.
- 설탕 섭취를 줄인다.
- 육식과 유제품을 피한다.
- 콜라, 사이다 등 탄산음료를 마시지 않는다.
- 현미, 통밀 등 통곡식을 섭취한다.
- 채식, 과일, 콩, 견과류를 골고루 섭취한다.

제 2부 더 큰 의학과 참된 치유

- 음식을 10번이라도 잘 씹고 삼킨다.
- 물을 충분히 마신다.
- 매일 샤워를 한다.
- 저녁식사를 일찍 가볍게 먹는다.
- 금식, 2식, 과일식, 절식을 한다.
- 간식을 하지 않는다.
- 규칙적으로 운동한다.
- 햇빛을 쪼이고 신선한 공기를 마신다.
- 과로하지 않는다.
- 적합한 휴식을 취한다.
- 일찍 잔다.
- 스트레스를 줄이고 이완시킨다.
- 스트레칭을 한다.
- 좋은 자세를 취한다.
- TV, 스마트폰 등 전자기기의 과도한 사용을 피한다.

건강습관을 좋은 방향으로 변화시키면서 앞으로 더 나아가 보자. 이러한 건강습관을 단번에 좋게 고치지 못한다고 낙심할 필요는 없다. 습관변화는 흔히 점진적이고 시간을 요할 수 있다. 다만, 변경해야 할 목표와 방향을 확실히 정하고 나아가다 보면 하나둘씩 변화해 가는 것을 느끼게 될 것이다.

③ 세포가 신나고 치유되게 하라

우리 몸은 원래 아주 튼튼하게 만들어져 있고 쉽게 고장나도록 만들어지지 않았다. 대부분 병에 걸리는 것은 여러 해 동안 잘못된 생활의 축적으로 인체 시스템을 남용, 학대하여 더 이상 견디지 못한 신체가 비상사태를 알리는 신호로 나타난다.

신체와 정신과 영적 건강의 법칙이 있어 이를 지키면 건강해지고 이를 계속 거역하면 병들게 되는 것이다. 하지만 몸은 정상으로 돌아가고 싶어 하므로, 부족한 것을 채워 주고, 잘못된 것을 고쳐 주면 앞의 사례들과 같이 신속히 반응을 할 수 있다.

대부분 질병의 경우 건강식생활, 적당한 운동, 햇빛, 적절한 휴식, 절제, 맑은 공기, 깨끗한 물, 평안하고 쾌활한 마음, 믿음으로 병을 이겨낼 수 있다.

한국에서 '뉴스타트 NEWSTART'로 알려진 건강 이론은 영양 Nutrition, 운동 Exercise, 물 Water, 햇볕 Sunlight, 절제 Temperance, 공기 Air, 휴식 Rest, 믿음 Trust in God 은 건강한 삶을 위해 갖춰야 할 필수 조건들을 담았다. 이 뉴스타트는 1885년 출판된 엘렌 화잇의 저서에서 기원한 것으로 『Ministry of Healing 한국어 책명: 치료 봉사 』에 기록된 8가지 천연치료제에서 따온 것으로 캘리포니아 위마 인스티튜트 Weimar Institute 에서 1978년 8가지 천연치료제의 첫 글자를 따서 조합하여 만든 이름이다. 엘렌 화잇은 이 책에서 다음과 같이 말한다.

질병은 건강법칙을 깨뜨린 결과로 생긴 상황에서 육체의 조직이 벗어나고자 하는 자연적 현상이다. 병이 났을 경우에는 원인을 확인해 보아야 한다. 비건강적 조건은 바뀌어야 하고, 그릇된 습관은 교정되어야 한다. 그리하여 자연은 불순을 제거하고 육체적 조직에 올바른 조건을 재건하고자 노력하는 일에 도움을 받아야 한다.

깨끗한 공기, 햇빛, 절제, 휴식, 운동, 적당한 식사, 물의 사용, 하나님의 능력을 의지하는 것, 이것들은 참된 치료제이다. 모든 사람은 천연계의 치유력에 대한 지식을 알고 그것을 적용하는 방법을 알아야 한다.[72]

위와 같은 천연치료제들은 하나하나가 강력한 치유제이다. 예로, 물을 마시지 않아 체액이 고갈된 상태에서 병든 세포들에게 물이 충분히 공급될 때 몸 안의 세포들이 신나서 작동하는 모습을 상상해 보라. 세포들이 힘을 얻고 건강해지지 않겠는가?

밤에 잠을 제대로 자지 않아 쉬지 못하고 재생 복구작업을 잘하지 못하던 세포들이 잠자리에 일찍 들어 숙면을 취하면 얼마나 좋아하며 정상적으로 작동할 것인지 상상해 보라. 그리고 운동을 하여 신진대사가 빨리 되도록 하면 혈액순환이 빨라지고 백혈구 등 면역세포들이 얼마나 힘을 낼 것인지도 상상해 보라.

---

72 Ellen G. White, Ministry of Healing, (Nampa: Pacific Press, 1905), page 127.

여러 건강습관들을 동시에 실천하게 된다면 우리 몸의 세포 하나하나가 얼마나 힘을 얻고 면역세포는 강화될 것인가!

90~95%의 암이 생활습관과 환경적 요인에서 발생하므로 상당수의 전문가들은 90~95%의 암을 다음과 같은 변화로 예방할 수 있다고 본다. 금연, 음주 절제, 채소와 과일 섭취를 늘리고, 통곡식을 먹고, 육고기와 가공식품 섭취를 줄이고, 체중을 조절하고, 스트레스 관리를 잘하고, 규칙적인 운동 등.

암의 참된 치유는 나쁜 생활습관, 정신적 스트레스, 우울, 분노, 증오, 두려움 등으로 약화된 면역력과 변질된 유전자들을 회복시켜 주어야 가능하다. 이런 회복은 마음의 회복, 영적 회복이다.

암환자뿐 아니라 건강한 사람들에게서도 암세포는 수천 개씩 매일 생긴다. 그렇지만, 몸속의 T-임파구, 자연살상세포 등 면역력이 강하여 암세포를 소멸하기에 암환자가 되지 않고 건강한 것이다.

사실, 암은 세균성 질병 같은 종류와 달리 몸속의 정상세포가 잘못된 생활습관과 스트레스로 인하여 신체의 균형이 깨어져서 견디다 못해 자신의 몸을 공격하는 '미친' 세포가 된 것이다. 사실 암세포 자체는 잘못이 없다. 암세포는 정상세포가 누적된 가혹한 환경에 적응하려고 변이되어 다른 형태로 생명을 이어가려는 신체의 신비한 자구책이고 자연적 반응일 뿐이다.

미국의 저명한 의학자이며 영양학자인 파보 에이롤라 Pavvo Airola 박사와 혈액생리학의 대가이고 일본 자연의학계의 최고 권위자인 모리시타 게이이치 森下敬一 박사는 '암을 혈액의 정화 淨化 장치'로 본다. 즉, 혈액이 오염된 것이 한곳에 모여서 단단해진 것이 '암'이라고 설명한다. 그러므로 암을 잘라내면 그 사람이 살아 있는 한 또 생기게 된다. 그것을 서양의학에서는 재발 혹은 전이라고 부른다고 한다. 암은 죽은 사체에는 형성되지 않으므로 살아 있기 때문에 발생하는 생체 반응이라고 생각하는 것이 자연스럽다.

또한, 베스트셀러『암은 질병이 아니다. 그것은 보호와 생존의 장치이다 Cancer Is Not A Disease—It's A Survival Mechanism, 2008』의 저자 안드리아스 모리츠 Andreas Moritz 역시 암을 신체 내 쌓인 노폐물과 독소가 위험할 정도로 신체를 위협하게 될 때 그것들을 한곳에 모아 생명을 보호하고 생존하려는 신체의 자연 방어작용으로 설명한다.

의사는 당장 수술하지 않으면 위험하다고 하지만, 암이라고 하여 금방 어떻게 되지는 않는다. 우리 몸은 이미 수년 전부터 암을 가지고 살아왔다.

'암도 내 몸의 일부'라고 주장하는 사람들이 있는데 그것은 맞는 말이다. 작은 암 덩어리가 만들어지기까지 10년 이상의 시간이 걸리는데 그동안 잘못된 생활습관으로 인해 몸이 견디다 못해 변화를 주기를 바라는 간절한 요청 겸 경고가 '암'으로 드러나는 것이다.

반가운 소식은, 암으로 변질된 유전자들이 정상으로 회복할 수 있다는 사실이 다양한 연구들을 통해 밝혀졌다. 한 예로, 딘 오니쉬 Dean Onish 박사팀은 초기 전립선 암환자 93명을 실험군과 대조군으로 나누어서 1년 동안 생활 습관의 변화가 암에 미치는 영향을 조사하였다.

그 결과, 채식 위주의 식사, 매일 규칙적 운동, 명상 프로그램에 참여한 실험군 환자들에게서 대조군 환자들과 달리 전립선암 종양

표지자가 의미 있게 감소하고 암세포의 성장이 억제하여 종양의 크기가 줄어드는 놀라운 결과를 보였다.[73]

유전자들이 변하여 세포가 치유 회복할 수 있다는 사실은 암환자들에게 놀라운 희망을 던져주는 발견이다. 때로는 암 덩어리는 그대로 있으나 활동을 완전히 멈추어서 암 동면癌 冬眠: Cancer Dormancy 이라고 하는 상태가 되는데, 이것은 생활습관의 개선 등으로 T-임파구 등 면역세포들이 힘을 얻을 때 생기며 몸 안에 암이 남아 있어도 생명에는 전혀 위험하지 않은 상태가 된다.

그러므로 이일선 씨의 경우와 같이, 신체적, 정신적, 영적, 즉 전인적으로 건강과 생명의 길을 따른다면 많은 환자들이 긍정적인 결과를 경험할 수 있게 될 것이다.

암 진단을 받았다고 두려워하지 말고 자신이 가장 잘 찾을 수 있는 암의 원인이 된 생활습관들과 정신적 혹은 영적 요인들을 찾아보고 하나씩 고쳐 나간다면 많은 경우 암의 진행을 역전 혹은 정지시킬 수가 있을 것이다.

---

73 Ornish D, Weidner G, Fair WR, Marlin R, Pettengill EB, Raisin CJ, Dunn-Emke S, Crutchfield L, Jacobs FN, Barnard RJ, Aronson WJ, McCormac P, McKnight DJ, Fein JD, Dnistrian AM, Weinstein J, Ngo TH, Mendell NR, Carroll PR. (2005). Intensive lifestyle changes may affect the progression of prostate cancer. Journal of Urology. 174(3):1065-9.

마음을 치유하라
심신의학(心身醫學)

몸과 마음은 하나로 연결되어 있고 병의 발생과 진행, 치유에 있어서 마음의 역할은 지대하기에 병의 치유에 있어서 마음의 중요성은 아무리 강조하여도 충분하기 어려울 것이다.

정신과 의사인 홈스 Holmes 와 라헤 Rahe 박사는 환자 5,000명을 대상으로 연구한 결과, 가족의 죽음이나 이혼 등 큰 스트레스를 가져다주는 사건을 경험한 이후에 사람들이 질병에 많이 걸린 것을 발견하였다.[74]

이와 같이 시련과 질병은 밀접한 관계를 가지고 있다. 마음이 아프

---

74 Holmes, TH, & Rahe, RH. (1967). The Social Readjustment Rating Scale. Journal of Psychosomatic Research, 11, 213-218.

면 몸도 아프기 쉽다. 그러므로 질병 예방과 치유에 있어서 스트레스와 시련에 대하여 효율적으로 대처하는 것은 핵심적인 문제라고 할 수 있다.

그렇기에 허준의 『동의보감』에도 "마음이 산란하면 병이 생기고 心亂即病生, 마음이 안정되면 병이 저절로 낫게 된다 心定即病自癒."고 하며 심신요법의 중요성을 강조하고 있다.

① 중추 역할을 하는 감정

독일에서 2,000명의 암환자와 심장병 환자를 대상으로 13년 동안 진행된 한 연구 결과에 의하면, 감정적인 문제로 인한 발병 요인이 콜레스테롤, 고혈압, 흡연보다 6배나 더 큰 것을 발견하였다.[75]

그만큼 스트레스 등 감정적 요인이 건강에 미치는 영향이 크다. 일전에 한 여대생이 제적당한 것을 비관하여 자살하였는데, 그녀의 아버지가 발인을 앞두고 심장마비로 사망하였다. 평소 심장에 아무 문제가 없었던 그가 갑작스레 사망한 것은 딸의 충격적인 죽음으로 인한 마음의 충격과 스트레스가 일으킨 불행한 사건으로, 마음 아프게 하는 사건이었다. 이러한 일들은 마음과 몸이 얼마나 하나로 연결되어 있는지 잘 보여 주는 사례들이다.

---

75 Crawford, Robert J.M. (1993). Emotional Health, Cancer and Heart Disease. The New Zealand Medical Journal, 10:87.

지금 이 시대를 사는 현대인들은 100년 전에 살던 사람들보다 10배 스트레스가 더 많은 사회를 살고 있다고 한다. 세계적으로 우울증이 급증하고 있는 것은 세계적인 경쟁사회와 개인주의 사회에서 과거 어느 때보다 많은 스트레스를 가지고 살아가고 있기 때문이다.

사람의 정신과 신경과 면역과의 연관성을 연구하는 학문인 '정신신경면역학 Psychoneuroimmunology'은 감정을 조절하는 호르몬을 분비하는 내분비계를 포함하여서 '정신신경내분비면역학'으로도 불리우는데, 그 관계는 다음과 같다.

정신신경계 ➡ 내분비계 ➡ 면역계

정신적 긴장과 스트레스가 신경계에 영향을 미치고 이는 호르몬에 영향을 주고 이 호르몬은 면역계에 영향을 미쳐 결국 몸에 영향을 미치게 된다.

이 가운데 감정은 중추적인 역할을 한다. 생각과 감정이 생리를 변화시키는데, 감정은 인체 전체 시스템을 중재하고 묶는 '접착제'와 같은 역할을 하는 것이다.

여러 연구들은 부정적인 감정들이 다양한 질병을 일으키는 데 있어서 다음과 같이 중요한 역할을 한다는 것을 보여주었다.

부정적 감정 ➡ 내분비계 - 면역계 균형 깨어짐 ➡ 건강 악화

스트레스로 인한 부정적 감정은 내분비계에 대한 영향을 미쳐 코

르티솔 cortisol 등 스트레스 호르몬의 분비를 촉진시켜 혈압을 올리거나 부정맥을 일으키고 장기간 분비되면 동맥경화를 촉진시켜 심혈관계 질병의 위험성이 증가한다. 또한, 이러한 호르몬 분비에 의해 이차적으로 면역을 담당하는 T-세포와 B-세포의 활성이 떨어져서 결과적으로 질병이 발생할 수 있게 된다.

이와 반대로, 여러 연구들은 긍정적인 감정들이 건강을 보호하고 증진시킨다는 증거들을 보여 주어 왔다. 근래에 과학자들은 긍정적 감정들이, 부정적 감정이 미치는 영향 이상으로 건강에 영향을 미치는 것을 발견하였다.

긍정적 감정들 + 스트레스 관리 ➡ 내분비계 - 면역계 균형 조절 ➡ 건강 호전

그러므로 감정을 어떻게 관리하는가 하는 문제는 건강 및 질병 치유와 직결될 수 있는 문제라 할 수 있다.

그러면, '병을 만드는 감정'과 '병을 고치는 감정'에 대해 알아보자.

② 병을 만드는 감정

심장 절개수술을 받은 환자들을 대상으로 한 한 연구에 의하면, 수술 후에 우울한 환자들은 75%가 사망하였고, 그렇지 않은 환자들은 15%만 사망하였다.

심장 절개수술 같은 큰 수술로 스트레스를 받고, 우울한 환자들은 체념하여 죽기를 바랐고, 그런 부정적인 전망은 심장수술 스트레스에 대해 자신을 무력화시켜 사망하도록 이끈 것이다.[76]

나 또한 시간이 흐르면서 깨닫게 된 것은 건강과 치유를 위해 생활습관도 중요하지만, 그보다 더 큰 영향을 미칠 수 있는 것은 바로 '마음'이라는 사실이다.

나 자신의 투병 경험을 돌이켜 보면, 건강하였던 내가 집을 떠나 객지에 공부하러 가서 생활습관이 나빠진 데다가 스트레스까지 겹쳤을 때, 차라리 병에 걸려 쉬면 좋겠다는 마음을 가졌고 그렇게 마음을 약하게 먹었을 때 처음 병에 걸렸었다.

또 한 번은, 수개월 간 지속된 배탈로 인해 병원 입원까지 했는데, 입원한 날에 방문자로부터 받은 한 책을 읽으며 마음에 기쁨과 감동을 느낀 후에 아프던 배가 나아서 병 원인을 검사 중이었는데도 의사에게 다 나았다고 하며 퇴원한 적도 있었다.

몸의 컨디션이 가장 나빴을 때는 스트레스를 많이 받았을 때였고, 마음이 즐거웠을 때는 통증도 잊고 몸도 가벼웠다. 그만큼 마음이 몸에 미치는 영향은 지대하다.

밝혀진 바에 의하면, 병원을 찾는 환자 대부분 75~90% 이 불안, 분노, 슬픔, 고독감 혹은 공포감 등을 동반한 스트레스로 인한 질병으로 병원을 찾는다. 사실, 현대인은 돈, 일, 주거, 자녀 혹은 부부 문

---

76 Kimball, C.P. (1969). A predictive study of adjustment to cardiac surgery. Journal Thoracic Cardiovascular Surgery, 58(6):891-6.

제, 다른 인간관계 등의 어려움과 불안감 때문에 밤낮으로 스트레스를 받고 있다. 오늘날 우리의 건강을 가장 위협하는 질병들은 심혈관질환, 암, 당뇨병, 비만증, 관절염과 같은 질환들인데 이 모두가 지속적인 스트레스 상태와 연관성이 있다.

한국인에게서 잘 발견되는 억울한 감정과 분노를 제대로 발산하지 못하고 억지로 참아 생기는 '화병 火病' 환자들 가운데 46%가 소화기계 질병, 38%가 내분비계 질환, 33%가 근골격계 질병을 동반한 것을 경험한다고 한다.[77]

단기간의 스트레스는 우리 몸이 견디지만, 장기간 스트레스를 계속 받으면, 몸이 견디지 못하고 면역이 떨어지게 된다. 그래서, 마음에 불평과 불만, 스트레스가 많은 사람의 몸은 그만큼 병에 잘 걸리고, 사망률이 높아지는 것이다. 그와 반면에 행복감을 느끼는 사람들은 그만큼 더 건강하고 장수하게 된다.

180명의 수녀들이 20대에 기록한 자서전과 60년 후 노년이 되었을 때의 생존율과의 연관 관계를 조사한 한 연구는 20대에 긍정적인 감정을 자서전에 기록한 수녀들이 그렇지 않았던 수녀들보다 수명이 10년 더 장수한 것을 보여 주었는데, 그 차이는 흡연자와 금연자의 차이보다 더 큰 것이다.[78]

---

77 대한한방신경정신과학회. (2013.6.30). 화병 임상진료지침,

78 Danner, DD., Snowdon, DA., & Friesen, WV. (2001). Positive emotions in early life and longevity: Findings from the nun study. Journal of Personality and Social Psychology, 80, 804 – 813.

이러한 결과들을 보면, 우리는 그간 현대병의 원인으로 잘못된 식생활, 흡연, 알코올 등 생활습관만을 중시하였지만, 그보다 더 큰 문제는 감정적 스트레스인 것을 알 수 있다.

스트레스 등 부정적인 감정은 많은 사람들로 하여금 흡연, 술, 간식 등 좋지 않은 식생활로 이끌어 문제를 가중시킨다.

스트레스 반응은 외부의 적을 만났을 때 급히 도망하거나 싸울 태세를 갖춤으로 몸을 지키도록 돕는다. 이것은 맥박, 호흡이 가빠지며, 혈압과 혈당이 높아지게 하여 긴급대처를 돕지만 그것이 장기화되면 자연살상세포를 억제하고 면역을 떨어뜨려 질병을 일으킨다.

이와 연관하여, 저명한 정신과 의사 폴 튜어니어 Paul Tournier 박사는 "일반적인 많은 질병들은 생애에서 얻어진 심각한 불만족의 표현 외에 아무것도 아니다."고 하였다. 또한, 엘렌 화잇은 "질병의 90%가 마음으로부터 시작한다. 대부분의 사람에게 육체와 정신의 질병을 가져다주는 것은 불만의 감정과 불평의 정신"이라고 하였다.

1970년대 미국국립보건원 뇌신경과학자 캔더스 퍼트 Candace Pert 박사는 이런 현상들을 설명할 수 있는 단서를 발견하였다. 퍼트 박사는 감정 분노, 기쁨 등 호르몬 분자를 받아들이는 수용체가 뇌뿐 아니라 온몸의 세포에 있어서 감정 호르몬 분자가 세포 수용체에 붙기만 하면 그 세포의 능력이 변하는 것을 발견하였다!

그래서 퍼트 박사는 감정으로 인해 발생한 화학물질을 '물질로 전환된 생각'이라고 부르고, "몸에 마음이 있고, 마음에 몸이 있다."고 하였다. 그리하여 생각과 감정 변화에 따라 세포들도 약화되거나 힘을 얻어 아프거나 낫기도 할 수 있음을 보여 주었다.

온몸의 근육, 심장, 장 등 세포들에 감정 분자 분노, 걱정, 슬픔, 행복, 기쁨 등 를 받아들이는 많은 수용체가 존재하는 것이 발견되었고, 그로 인해 감정은 뇌, 심장, 장, 근육에도 직접적 영향을 미치게 된다. 만일, 감정분자가 수용체에 붙기만 하면 그 세포의 실행능력이 변한다.

마음이 우울하고 절망을 느끼면 몸의 세포들 역시 우울과 절망감을 느껴 면역력이 떨어져 병약해지고, 기쁘고 즐거운 마음은 몸의 세포들을 기뻐하고 힘있게 만들고 면역을 강화시켜 건강한 몸을 만든다.

사람이, "이제 다 끝났다."고 절망하는 순간, 뇌로부터 온몸의 세포들이 포기하기 시작한다. 그 반면에, "반드시 살아야 하겠다."고 결심하고 나아갈 때, 온몸의 세포 역시 하나가 되어 이전에 없던 힘을 내기 시작한다. 이러한 발견들은 우리에게 중요한 암시를 주는데 그것은 우리가 우리의 마음, 특히 감정을 조절함으로써 우리의 건강을 획기적으로 변화시킬 수 있다는 것이다.

스트레스가 암 발생에 중요한 요인이 되는 것은 이미 많이 연구되고 알려졌다. 암환자는 스트레스를 받을 때 분노·불만 등 감정을 밖으로 잘 표현하지 않고 억누르고 부정적인 감정을 마음속에 담아둔 채 겉으로는 순응하는 성격이 많다. 인간관계가 원만한 것 같지만 내심의 무력감과 절망감을 감추고 있을 뿐이다. 여기에 충격적인 스트레스 사건이 터지면 체념, 우울감, 절망감이 더하여져 암이 발생하기 좋은 최적의 조건이 된다.

제 2부 더 큰 의학과 참된 치유

미국 사이먼튼 암연구소의 칼 사이먼튼 Carl Simonton 박사와 정신과 의사인 부인 스테파니 사이먼튼 Stephanie Simonton 박사는 정신적 스트레스가 내분비계의 균형을 파괴하고 면역체계를 약화시킴으로써 암이 발생할 수 있는 최적의 조건을 형성한다고 한다.

멀쩡하던 사람이 암 진단을 받자마자 마치 모래성처럼 무너지는 사례들을 흔히 볼 수 있는데, 그 사람을 무너뜨린 건 사실 암이 아니라 스트레스이다. 의사로부터 암 진단을 통보받는 순간, 비탄과 절망, 당혹감이 뒤섞이고, "내가 왜…"하는 분노까지 겹치면 무너지게 된다.

그래서 최일봉 암전문의는 그의 저서 『암 환자는 암으로 죽지 않는다 2008』에서 "암은 병 자체보다 암을 받아들이는 환자의 심리적 자기포기 혹은 절망이 더 무섭다."면서 '암은 곧 사망선고'라는 공포가 심리적 공황을 몰고 와서 암 환자는 대부분 과도한 스트레스와 영양실조로 죽는다고 한다.

1970년대에 한 남자에게 말기 간암 진단을 하고는 단지 수개월만 살 수 있다고 말해주었다. 그 환자는 비록 그 예고한 시점에 죽었지만, 부검 결과는 의사들이 실수하였다는 것을 보여주었다. 그곳에는 전이되지 않은 작은 종양만 있었다. 의사들의 진단이 환자의 사망을 예고하는 저주가 된 것처럼 보인 경우다.[79]

---

79 13 more things: The nocebo effect. (2009, September 02). New Scientist. 2724.

의사의 시한부 선고는 환자를 절망과 과도한 스트레스로 이끌어 고통을 더 하고 수명을 더 단축시키는 불행한 결과를 가져올 수 있으므로 신중하여야 할 일이다.

아우슈비츠 수용소 생존자이며 저명한 정신의학자 빅토르 프랭클 Viktor Frankl 박사는 최악의 생존환경인 아우슈비츠에서 생존한 사람들은 신체적으로 젊고 강건한 사람이 살아남은 것이 아니고 정신적, 영적으로 강건한 사람들이 살아남는 것을 발견하였다.

자신의 미래에 대한 믿음을 상실한 수감자는 정신력도 상실하게 된다. 그는 옷 입고 세수하는 것을 거부하고, 연병장에 나가는 것을 거부하고, 누워서 거의 움직이지 않고 정신적, 육체적으로 퇴락의 길을 걷는다. 어떤 간청이나 위협도 효과 없이 모든 것을 거부하고 그냥 포기해 버리며, 그것은 죽음으로 이끌었다. 이것은 투병에서도 마찬가지이다.

③ 병을 고치는 감정

| 긍정적 감정

이전에 만난 한 40대 남성은 천식으로 인하여 오랫동안 무척 고생했는데 때로는 숨도 제대로 쉬지 못하여 편하게 누워서 자지도 못하고, 소파에서 앉아서 잠이 들고 밤을 지새워야 하는 정도였다.

그런데 천식을 고치게 되는 사건이 일어났다. 사실 이 분은 삼대독자로 딸만 낳고 아들을 낳지 못해서 부부 모두가 마음고생을 여러 해 동안 하던 중이었다. 아들을 기다리고 기다리던 중에, 드디어 아내가 또 임신을 하였다. 부부는 태중에서 아들인지 딸인지 알아보는 것이 두려워서 태아 감별법을 해보지도 못하고 출생 때까지 기다렸다고 한다. 그런데 드디어 아들이 태어났고, 그 소식을 들은 그는 너무나 기뻤고, 그 순간부터 천식이 완전히 사라졌다고 하였다.

마음의 큰 기쁨이 한순간에 면역을 크게 높여서 기적적인 치유를 일으켜 고질병이었던 천식이 깨끗이 낫게 된 것이다. 이렇게 마음의 큰 기쁨은 놀라운 치유제가 될 수 있는 것이다.

저명한 미국 언론인 노먼 커즌즈 Norman Cousins 는 50세에 나처럼 온몸이 굳어지는 강직성 척추염에 걸렸다. 현대의학의 모든 방법을 다 동원해서 치료했지만, 병은 차도가 없었고 불치병인 것을 알게 되었다.

그런데 어느 날 스트레스 연구의 아버지라 불리는 한스 셀리 Hans Selye 박사가 지은 책 속에서 "마음의 즐거움은 양약이다."라는 성경 구절을 접하고는 스트레스가 병을 일으키는 것과 반대로 즐거운 감정은 병을 고칠 수 있으리라 생각하고는 병원을 나와 호텔에서 코미디 테이프를 많이 구해다 놓고 하루 종일 웃으며 스스로 이를 실험하기 시작하였다.

급성 강직성 척추염 환자였던 그는 결국 놀랍게 건강을 회복하였고, 웃음과 건강에 관한 연구를 하여 의과대학에 다니지 않았지만 UCLA 의대 교수로 초청받아 웃음과 건강에 대해 연구하며 강의하였고, '웃음학의 아버지'라 불리우고 심신의학의 선구자가 되었다.

웃음은 스트레스를 진정시키고, 혈압을 낮추고, 혈액순환을 개선하고, 통증을 완화시키고, 면역체계와 소화기관을 안정시킨다.

1980년대부터 웃음치료에 대한 연구를 함으로써 웃음치료의 선구자로서, 개인적으로는 나 자신의 박사논문 지도교수였던 로마린다 대학교 리 벅 Lee Berk 박사 팀은 유쾌하게 웃는 웃음에 대한 신체 반응을 연구해 왔는데, 웃음이 다양한 신체 기관들의 기능이 잘 작동하도록 돕는 것을 발견하였다.

리 벅 박사 팀은 최초로 웃음이 코르티솔과 에피네프린 호르몬을 감소시킴으로 스트레스를 감소시키는 것을 발견하였고[80], 웃음이 면역계의 T 세포와 특히 암세포를 죽이는 '자연살해 NK: Natural Killer 세포' 활동을 활성화시키는 등 긍정적인 효과를 보여주는 것을 밝혀냈다.[81]

리 벅 박사는 "웃음치료야말로 대체의학이 아니라 참된 의학이다." 라고 하며, "긍정적 감정들은 우리 몸 안에서 양약을 만들어내는 놀라운 원천이다. 긍정적 감정들과 행동들은 우리의 세포들을 재생시키고, 우리의 삶에 활력을 불러일으킨다."고 했다.

암은 누적된 잘못된 생활습관과 스트레스로 인해 정상세포가 돌

---

80 Berk LS, Tan SA, Fry WF, Napier BJ, Lee JW, Hubbard RW, Lewis JE, Eby WC. (1989). Neuroendocrine and stress hormone changes during mirthful laughter. American Journal of Medical Sciences. 298(6):390-6.

81 Berk, LS. Felten DL, Tan SA, Bittman BB, Westengard J. (2001). Modulation of neuroimmune parameters during the eustress of humor-associated mirthful laughter. Alternative Therapies, Health and Medicine. 7(2):62-72, 74-6.

연변이하여 암세포가 된 것으로 앞에서 본 것처럼 장기간 신체 내 쌓인 노폐물과 독소로 인한 몸의 정화작용으로 생명을 보호하기 위한 신체의 자연 반응으로 볼 수 있다.

그러므로 암세포를 불쌍히 여기고 사랑으로 감싸 안고 녹이는 마음을 가지는 것이 좋다. 암세포에게 잘못된 체내 환경을 주어 고통을 입히는 것에 대해 미안해하고, 음식을 건강하게 먹고 몸과 마음에 좋은 환경을 만들려고 노력하니 정상세포로 돌아오던지 스스로 사멸해 달라고 양해와 협조를 구하는 대화를 하면 좋다.

자식이 내가 만든 나쁜 환경의 영향으로 그릇되게 막 나간다면 미안해하고 인내와 사랑으로 돌이키도록 노력하듯이 암세포도 그와 마찬가지로 생각하고 대할 수 있을 것이다.

암에 걸린 것을 감사하고 기뻐하는 마음을 가질 수도 있다. 자신을 돌아보고 정리할 남은 시간이 있고 회복할 가능성도 있음에 감사할 수 있다. 실제로 암환자들이 암으로 인해 감사하는 사례가 많다. 그것은 돌연사나 교통사고 등으로 갑자기 인생을 마감하지 아니하고 암으로 인해 지금까지의 생활을 반성하고 획기적으로 사고방식과 삶의 방식을 수정할 수 있기 때문이다. 위암에서 완치된 윤창세 씨는 암환자들에게 다음과 같이 권고한다.

"암이라는 선고를 받을 땐 참 암담하잖아요. 절대 암담해 하지 말고 그것을 좋은 기회로 받아들이면 좋을 거 같아요. 나를 알 수 있는 기회, 점검할 수 있는 좋은 기회, 새로운 인생, 지금까지는 망가지는 생활을 했지만 이제부터는 신께 맡기고 그분한테 맡긴 생활로 정리하는 생활을 해야겠다는 마음으로, 망가진 패턴을 바꾸는 것이고 그런 생활을 하면 얼마든지 치료는 가능하다고 생각합니다."[82]

암 선고를 받았다고 비탄, 절망, 분노의 감정으로 스트레스를 가중시키는 것보다 이렇게 긍정적인 마음과 감정을 가지게 되면 고통도 줄고 치유 가능성을 훨씬 높일 수 있다.

건강과 신앙 분야의 저명한 저술가 엘렌 화잇은 이미 1세기 이전에 마음이 건강에 미치는 부정적·긍정적 영향에 대해 다음과 같이 기록하였다.

마음과 육체 간에 존재하는 관계는 매우 밀접하다. 그중 하나가 병에 걸리면 다른 하나가 동정하게 된다. 마음의 상태는 많은 사람들이 깨닫고 있는 것보다 건강에 훨씬 더 큰 영향을 미친다. 사람들이 고통당하고 있는 질병의 대부분은 정신적 우울에서 온다. 슬픔, 걱정, 불만, 후회, 죄책감, 불신 이 모든 것은 생명력을 저하시키고 쇠약과 죽음을 초래한다.

용기, 희망, 믿음, 동정, 사랑은 건강을 증진하고 수명을 연장시킨다. 만족한 정신과 즐거운 마음은 몸에 건강을 주고 심령에 힘을 준다. "마음의 즐거움은 양약"[83]이 된다.

질병의 치료에 있어서 정신적 영향의 효과를 결코 간과해서는 안 된다. 올바르게 활용만 하면, 이 영향은 투병을 위한 가장 효과적 기능 중 하나가 된다.[84]

---

82 채식물결, (2006, 02). 한국채식인협회.

83 잠언 17:22.

84 엘렌 G. 화잇. (2000) 치료봉사. 시조사. 236쪽.

| 강력한 치유제 '희망'과 '기쁨'

2차 세계대전이 끝난 해인 1945년 시카고에서 일어난 일이다.

'도나'라고 하는 한 젊은 간호사는 어느 날 병원에 출근했을 때 자신의 눈을 믿을 수 없었다. 왜냐하면, 어젯밤까지 중환자였던 환자들이 그들의 침대에서 나와서, 옷을 입고, 침상을 정리하고, 환성을 지르면서 집으로 가는 것이다. 도나는 궁금하여서 어제만 하더라도 언제 죽을지 모르는 상태에 있었던 한 환자를 붙잡고 물었다.

"아니, 이게 어떻게 된 일이지요? 어제만 해도 당신은 중태였는데요."

그 환자는 이렇게 대답했다.

"이제 전쟁이 끝났어. 삶이 시작되었어. 내 아들들이 집으로 돌아올 거야. 4년간의 숨 막히는 두려움은 이제 끝났고, 살아갈 희망이 생긴 거야."

이 실화는 가정의학의이며 전인의학 全人醫學 의사인 맥게리 글래디스 Gladys McCarey 박사의 『당신 속에 있는 의사 The Physician Within You, 2000』라는 책에 담긴 사례로 환자가 희망과 기쁨을 느낄 때, 어떠한 놀라운 치유가 일어날 수 있는지를 잘 보여준다.

이 사건은 지속적인 스트레스가 사람을 병들게 하고 죽이는 것임과 반면에 희망과 기쁨은 놀라운 치유력을 가지며 회복시키는 힘이 사람 속에 잠재해 있음을 여실히 보여준다.

치유에 있어서 가장 강력한 요소 중 하나가 '희망'이다. 희망은 암환자의 삶에 있어서 정신적 그리고 신체적으로 다 강화시킬 수 있는 가장 중요한 요소의 하나로 부각되었다. 연구가들은 희망이 암환자들의 웰빙과 치유와 생존에 기여하는 요소로 확인하였다.

노먼 커즌즈는 그의 마지막 책『머리 먼저: 희망의 생물학 Head First: The Biology of Hope, 1990』에서 암과 싸우는 데 있어서 정신적 요소의 중요성에 대한 설문조사 결과 암전문의 649명 중 90% 이상이 "희망과 낙관적 태도를 가장 중요하게 여긴다."고 하였다.

암 재발 환자들을 대상으로 한 여러 연구들은 '희망'은 미래의 불확실함과 상관없이 가져야 할 필요가 있는 요소인 것을 보여준다.

반면에, 희망을 잃고 만성적 절망감에 빠진 여성들을 조사한 한 연구는 참가자 여성들의 목동맥이 두꺼워지고, 목동맥 플라그 수가 많아지며, 뇌졸중 발병률이 증가한 것을 보여주었다.[85]

마이클 로빈슨 Michael Robinson, UF College of Health Professions 박사는 환자가 절망감과 무력감을 느낄 때 통증을 더 심하게 느끼게 되며, 통증은 세포 조직의 손상과 직접적인 관계가 있지만 환자의 감정 상태와 이전의 고통 경험 및 그에 따른 의미에 의해 영향을 받게 된다고 한다.

하버드 의대 교수인 제롬 그룹맨 Jerome Groopman 박사는 저서『희망의 힘 Anatomy of Hope, 2003』에서 다음과 같이 말한다.

---

85 Mary O. Whipple, Tené T. Lewis, Kim Sutton-Tyrrell, Karen A. Matthews, Emma Barinas-Mitchell, Lynda H. Powell, and Susan A. Everson-Rose. (2009). Hopelessness, Depressive Symptoms, and Carotid Atherosclerosis in Women: The Study of Women's Health Across the Nation (SWAN) Heart Study. Stroke. 40:3166-3172.

"가장 좋은 약은 희망이고, 희망은 약과 치유의 핵심이 되어 왔고, 되고 있고, 미래에도 그럴 것이다."라고 하였다. 그는 말한다.

"의학에서는 절대적이란 것은 없다. 항상 예측할 수 없는 변수가 존재하며, 때로는 최악의 암들도 줄어든다. 그러므로 당신은 생리학적으로 실제로 발생할 수 있는 진짜 희망을 붙잡아야 한다. 회복 가능성이 1/20 혹은 1/50밖에 되지 않는다 할지라도 당신이 그 사람이 되도록 모든 것을 다 해야 한다. 그것은 진짜 희망이다."

말기 자궁경부암을 극복한 이일선 씨는 암 환자들에게 놀랍게도 그룹맨 박사와 거의 비슷한, 다음과 같은 마음가짐을 주문한다.

"자궁경부암 3기 5년 생존율은 채 40%가 되지 않아요. 제가 그 안에 들어갔습니다. 1%, 아니 0.1%라고 해도 거기에 들어갈 수 있다는 마음가짐이 중요하다고 봅니다. 지금도 암과 싸우고 계신 분들께 이렇게 말씀드리고 싶습니다. 내 안에서 생긴 암은 내 안의 친구들이 싸워줘야 이겨낼 수 있습니다. 지치고 힘들어도 즐겁게 살아야 친구들이 힘을 낼 수 있답니다."

암환자들을 대상으로 유머의 영향을 조사한 한 웃음 연구는 20개 연구를 조사한 결과, 몇 가지 핵심 요소들을 발견하였는데, 그것은 유머가 통증과 불쾌감과 불안감을 감소시키고 자연살상 NK 세포 활동을 증가시킨 것이다. 이런 영향들은 암환자들에 있어서 바람직한 것이다.

반면에, 암환자들에게 있어서 즐거움을 느끼는 능력이 줄어드는 것은 암환자들에게 있어서 가장 빈번히 발견된 증상 중의 하나였

다.[86]

성경은, "마음의 즐거움은 양약이라도 심령의 근심은 뼈로 마르게 하느니라."[87]고 한다. 현대의학이 20세기 들어 발견한 사실을 사람을 창조하신 하나님은 이미 3,500년 전에 알려 주신 것이다.

성경은 또한 "항상 기뻐하라"[88]고 한다.

내가 박사논문을 위해 개발한 '너머 보고 기뻐하라' 프로그램 치유 방식은 이러한 개념을 바탕으로 한다. 스트레스와 고난이 많은 삶 가운데서도 "항상 기뻐하라"고 하는 성경의 가르침은 역설적으로 보인다. 그렇지만, 혹 그렇게 항상 기뻐할 수만 있다면 그것은 시련과 스트레스에 대한 최상의 대응책이 될 것이다.

86 Christie, W., Moore, C. (2005). The impact of humor on patients with cancer. Clinical Journal of Oncology Nursing, 9, 211-218.

87 잠언 17:22.

88 데살로니가전서 5:16.

영을 치유하라
영성의학(靈性醫學)

르네상스 시대의 저명한 스위스 화학자이자 의사였고 어떤 질병들은 정신적 요인이 원인이 됨을 처음 기록한 이로 간주되는 파라셀수스 Paracelsus 는 다음과 같은 말을 남겼다.

"영은 주인이며, 상상은 도구며, 몸은 변형시킬 수 있는 물질이다 the spirit is the master, the imagination the tool, and the body the plastic material."

① 핵폭탄 같은 힘을 낼 수 있는 영성 치유력

세계적인 암센터 MD 앤더슨의 종신교수이며 경희대학교 의학전문대학원 석학교수인 김의신 박사는 암환자가 몇 년 살 수 있는지 의사도 사실 잘 모른다고 한다. 10년 넘게 사는 말기암 환자들이 있는데 의사들로서는 '기적같은 일'이며 암 발생과 성장 과정이 너무 복잡하고 사람마다 유전자 구조가 달라 생존기간을 확신할 수 없다고 하며 다음과 같이 말한다.

"항암제도… 세포 안으로 들어가는 채널이 있어야 한다… 그런데 이런 채널을 찾아내 '이제 이 암은 끝났다.'고 생각하는 순간 다른 채널이 또 생기고, 그 통로가 수십 가지가 나온다… 유전자 하나 차단한다고 될 일이 아니다… 아직 약물로 암을 완전히 정복하기란 요원하다고 하다. 그래서 암을 연구하는 과학자 중에는 종교를 가진 사람이 많다. 알면 알수록 이것은 신의 영역인 것 같다는 생각에서다.

암세포를 잡아먹는 대표적인 면역세포가 '자연살상 NK 세포'이다. 이게 많으면 암 치료가 잘 되고 암에도 잘 걸리지 않는다. 여러 사람을 대상으로 이 세포의 수치를 조사했더니, 항상 웃고 즐겁게 사는 사람에서 수치가 높게 나타났다. 교회 성가대 찬양대원들은 일반인보다 그 수치가 1,000배 높게 나와, 나도 놀란 적이 있다.

기쁨 속에서 노래하고, 감사 기도하고, 인생을 밝게 사는 사람이 암에 대한 저항력이 높은 것이다. 이는 이제 의학계에서 정설이 됐다. 어느 종교를 믿건, '찬양대원의 NK세포 천 배' 의미를 되새기며 살아가길 바란다.[89]"

정신신경면역학의 발전과 함께 지난 20년간 두드러지게 부각된 것은 '종교·영성과 건강' 분야이다. 심신의학의 발전으로 생각과 감정이 건강에 미치는 영향을 넘어 영성과 종교가 건강에 미치는 영향에 대해 주목하게 되었다.

---

89 조선일보, (2011.10. 8). MD앤더슨 종신교수 김의신 박사의 癌이야기.

영성의학이 심신의학 영역 속에 포함된다고 주장할 수도 있으나 그것은 마음과 몸의 관계를 뛰어넘는 초월적인 영역을 가진다. 또한, 그러한 면이 영성의학이 두드러지게 만드는 요소가 된다.

지난 20세기 내내 종교는 건강과 분리되거나 건강을 오히려 해치는 것으로 여겨졌다. 그런데 1990년대 들면서부터 종교·영성과 건강에 대한 연구가 다양한 분야의 전문가들에게서 이루어져 매년 수천 건의 연구들이 발표되며 『뉴욕타임즈 New York Times』 등 각종 일반 대중 매체에서도 다루어지고 있다. 그러면, 이러한 연구들이 급증한 이유가 무엇일까?

그것은 종교와 영성이 전통적 치료 이상으로 시련을 잘 극복하게 하고, 질병에 적게 걸리고, 우울증이 적으며, 질병 치유가 신속하고, 생존율을 높여 주는 등 건강에 긍정적인 요소인 것을 보여 주었기 때문이다.

미국 듀크대 해롤드 쾨니그 Harold Koenig 교수는 노인 4,000명을 상대로 6년간 관찰 후 종교생활을 전혀 하지 않는 노인들은 한 달에 한 번 이상 기도나 명상을 하는 노인들보다 사망 확률이 50% 정도 더 높은 것을 발표하였다. 그 이유로, 기도는 스트레스를 유발하는 호르몬의 생성을 낮추어 기도하는 사람들은 스트레스를 덜 받기 때문인 것으로 밝혔다.[90]

---

90 Koenig HG, Hays JC, Larson DB, George LK, Cohen HJ, McCullough M, Meador K, Blazer DG. (1999). Does religious attendance prolong survival?: A six-year follow-up study of 3,968 older adults. Journal of Gerontology: Medical Sciences 54A: M370-M377.

298명의 유방암 생존자들을 대상으로 한 한 연구에 의하면, 영적靈的인 지원이 암환자들에게 있어서 상담, 후원 그룹, 동료 다른 암환자의 지원이나 심지어 배우자의 지원보다 더 큰 도움이 된 것으로 발견되었다.[91]

이렇게 영성과 종교가 치료에 미치는 영향력이 큰 것이 발견됨으로 인하여 1992년에는 미국 내 1개 의과대학에서만 '영성과 건강'에 관한 강의가 있었으나, 2010년에는 143개 의과대학 중 90% 의과대학에서 해당 강의를 개설하였다.

'종교'와 '영성靈性'이란 말은 종종 교체되어 사용되기도 한다. 종교는 신성神性을 추구하기 위해 만들어진 집단적인 신조나 가치와 활동을 포괄한다.

그와 반면에, 영성은 삶의 경험을 통해 거룩함이나 신성을 추구하는 것이라 정의된다. 보다 더 넓게 영성은 자신, 커뮤니티, 자연과 연결됨을 포함하며, 삶의 의미 혹은 목적을 추구하는 것이라 할 수 있다.

종교가 집단적이고 외형적이라면, 영성은 개인적이고 내면적이며 체험적이라 할 수 있다. 개인적 영성이 미치는 영향력이 더욱 밝혀짐에 따라 연구가들은 치유에 있어서 영성과 신앙의 힘에 대해 더욱 주목해왔다.

91 Ferrell, BR, Grant, MM, Funk, BM, Otis-Green, SA, & Garcia, NJ. (1998). Quality of life in breast cancer survivors: Implications for developing support services. Oncology Nursing Forum, 25, 887-895.

『타임 Times 』지의 「신앙과 치유」 기사에서 하버드 의대 허버트 벤슨 Herbert Benson 박사는 다음과 같이 말한다.

"미국과 다른 선진국에서 증가하는 질병들은 스트레스와 생활습관이 중요한 역할을 한다. 이런 병들은 60~90%가 마음과 몸이 관련된, 즉 스트레스가 연관된 영역에 속한다. 그에 대해서 전통적인 치료 방식인 약물치료와 수술은 잘 작용하지 않는다. 신앙은 놀랄 만큼 치료 효과가 있으며, 의료 문제의 60~90%를 치료하는 데 효과적이다. 당신이 만일 신앙이 있다면 신앙은 막강하고 효과적인 능력으로 더욱 큰 치유 능력을 보여줄 것이다. 그것은 최고로 영향력 있는 믿음이다."[92]

자신과 환경보다 더 큰 무엇인가를 믿는 신앙은 안정감과 희망을 불어넣고 동기를 부여해주고 치료를 촉진시키는 강력한 도구가 될 수 있다.

사실 나 스스로도 치유에 있어서 처음에는 식생활 등 생활습관의 변화가 중요한 것으로 생각되었다. 그러나 세월이 갈수록 영적 힘이 더 큰 것을 깨닫게 되었다.

내가 실행하고 있는 치유의 길이 하나님께서 인도하신 길이며 그 안에서 회복될 것이라는 믿음이 중요한 역할을 하였다.

그렇게 확신을 한 이후에도, 때로는 척추와 관절들이 너무 아파서 절망적으로 느낄 때가 많이 있었다. 그렇지만 전지전능한 하나님, 합

---

92 Wallis, McDowell, Park, & Towle. (1996.6.24). "Faith and Healing" Time.

력하여 선을 이루시는 하나님을 기도하며 바라보는 것은 세상이 줄 수 없는 힘과 치유를 가져다주었다.

"영은 주인이요, 몸은 종이다 Spirit is Master and Body is Servant."는 말이 있는 것과 같이 투병에 있어서 영성의 힘은 매우 중요하다 하지 않을 수 없다.

암 생존자들에 대한 다양한 연구들을 분석한 후, 메요클리닉 에드워드 크리건 Edward Creagan 박사는 결론짓기를, "장기간 암 생존자들 가운데 가장 두드러진 전략은 영적인 것이다."라고 하였다.

사실, 영성과 종교는 다른 치료방법이 줄 수 없는 독특한 요소를 가진다. 그래서 저명한 정신과 의사인 아이작 막스 Isaac Marks 박사는, "영적 치유는 일반적인 정신치료 방법을 훨씬 능가하는 힘을 발휘할 것이다. 그 차이는 핵폭탄과 재래식폭탄의 위력 차이만큼 클 것이다."고 했다.[93]

LA에서 내가 '너머 보고 기뻐하라' 프로그램을 하였을 때, 한의학 박사 한 분이 계속 참석하셨다. 이분은 낮에는 환자 진료를 하고 저녁 프로그램에 참석하셨는데, 거듭 나에게 "박사님, 오늘 기적이 일어났어요! 강의를 들은 후 믿음을 가지고 환자들에게 말해 주었더니 환자가 놀랍게 회복되었어요."고 하셨다. 혹 의료소송 당할까 걱정되어 하지 못하던 말을 기도하고 믿음으로 희망을 주고 확신있게 전하였더니 놀랍게 낫는 것을 거듭 경험한다는 것이었다.

---

93 TAN, S. (1990). Lay Christian counseling: The next decade. Journal of Psychology and Christianity, 9(3), 59-65. cited p.60.

이것이 바로 성경의 기적적 치유 사례나 앞서 언급한 시카고 한 병원 중환자 병동에서 죽어가던 환자들이 기적적으로 회복한 사례와 같은 믿음과 희망이 가져다주는 치유 능력이다.

'너머 보고 기뻐하라' 치유 방식은 단지 병을 없애는 것만 아니라 인간의 전반적인 고통의 문제에 대한 하늘의 치유책을 프로그램화한 것이라 할 수 있다. 보다 구체적인 '너머 보고 기뻐하라' 치유 원리와 방식들과 심령의 치유에 대해서는 『가장 놀라운 치유 시리즈』 2권 『너머 보고 기뻐하라』에서 전하고자 한다.

과학은 물질세계에 대한 연구로서 관찰 가능한 방법으로 얻어진 지식만 과학적이라고 인정한다. 그래서 보이지 않는 영적인 세계는 파악할 수가 없었다. 인간에 관하여서도 오랫동안 부인되어 왔던 마음과 몸이 하나로 연결되어 있음을 20세기 후반에 와서야 발견할 수 있었다. 보이는 자연의 세계가 자연의 법칙에 따라 진행되듯이 보이지 않는 영적세계 역시 영적인 법칙이 있고, 영적세계와 물질세계를 포괄하는 보다 큰 법칙이 있다.

가짜 약을 투여하면서 진짜 약이라고 하면 환자의 좋아질 것이라고 생각하는 믿음 때문에 병이 낫는 현상을 '위약 偽藥, Placebo 효과'라고 한다. 위약 효과는 오랫동안 의료계에서 무시되어 왔으나 시간이 가면서 환자의 믿음이 치료에 있어서 얼마나 크게 작용하는지 보여주는 연구들이 늘고 있다.

위약 효과는 보통 신체적 현상이 아닌 정신적 현상 즉 환자들이 자신이 낫는다고 생각만 하는 것으로 으로 간주되어 왔다. 그러나 뇌과학의 발전은 생각하는 것만으로도 다양한 화학물질과 호르몬이 분비되어 신체도 변화시킨다는 것을 보여 주었다.

한 예로, 스웨덴의 카롤린스카 병원에서는 심장병 환자를 대상으로 플라시보 효과의 위력을 검증하였다. 심장박동기를 필요로 하는 노인들에게 자체적으로 개발한 동일한 인공 심장박동기를 투입했다. 그 중 실험군에게는 심장박동기가 정상적으로 제어되지 않도록 했고, 대조군의 인공 심장박동기는 정상으로 작동되도록 했다. 그 결과 3개월 후, 모든 실험 대상자의 혈액 흐름 정도가 동등하게 증가했다고 밝혔다.[94]

환자의 믿음의 힘을 잘 이해하였던 '현대의학의 아버지'로 불리우는 윌리엄 오슬러 William Osler 박사는, "의사가 하는 일보다 더 중요한 것은, 의사가 하는 일에 대한 환자와 의사의 믿음이다"는 말을 남겼다.

그럼, 절망적인 상황에서도 환자들에게 놀라운 치유력을 가져다 줄 수 있는 영성과 종교의 치유하는 힘에 대해 한번 알아보자.

---

94 Linde C. Gadler F, Kappenberger L, Rydén L. (1999) Placebo effect of pacemaker implantation in obstructive hypertrophic cardiomyopathy. PIC study group. Pacing in cardiomyopathy. American Journal of Cardiology 15: 903-907.

② 천국은 가까이 있었다

종교는 하루아침에 세상에서 가장 비참한 사람을 세상에서 가장 행복한 사람으로 변하게 할 수 있다는 사실을 나 자신이 경험하였다. 막강한 영적 치유의 힘을 개인적으로 체험한 잊을 수 없는 사건이 하나 있다.

1982년 초 어느 날, 앞서 기술한 바와 같은 생명을 걸고 무기한 금식기도를 시작한 후 일어난 여러 사건들이 우연이 아닌 하나님의 인도하신 것 같음을 깨닫게 되었다.

내 병이 하나님의 방법으로 하나님의 하시는 일을 나타내는 병이 되기를 기도하였었는데, 하나님께서 알려주신 회복의 길은 천연적인 치유방법으로, 기도한 대로 응답하셨다는 것을 깨달았다. 그리고 목숨을 건 금식기도를 하였던 바로 그때, 하나님께서 치유의 길을 보여주신 것을 깨달았다.

그리고 알고 지내던 여자친구에게 모든 의사가 불치라고 말했는데도 그녀는 나의 질병이 잘못된 생활양식 때문이라 여기고 올바른 식생활습관으로 개혁한다면 나을 수 있다고 믿고 여러모로 도와주었다. 자신의 믿음대로 불치병 환자인 나의 반려자가 되어 나를 낫게 하려고까지 하였다.

그리고 그녀와 가까운 한 분을 통해 천연치료법에 관한 그 책을 선물 받았던 것이다. 그러한 사건들 역시 이미 여러 해 전부터 인도해 오신 하나님의 손길로 여겨졌다 그녀는 나중에 결혼하여 나의 아내가 되었는데 장모님께 거듭된 꿈으로 하나님께서 역사하셨다는 것을 나중에 알게 되었다. 그렇지만, 나는 확실하지 않은 것을 하나님의 손길로 인정하고 싶지는 않았다.

그런 사건들이 우연인지 아니면 하나님의 손길인지 의아해하던 나는 어느 날 세어보기 시작하였다. 하나, 둘… 다섯, 열… 열다섯, 열여섯까지 사건들을 손꼽고는 너무 많은 증거들에 나는 완전히 압도되었다. 그 많은 일들이 우연일 수는 결코 없었다.

그리고 그 자리에서 무릎을 꿇고 회개하였다. 하나님께는 능치 못함이 없다고 하는 성경 말씀보다 세상 의원들의 말을 믿고 절망했던 믿음 없었음을…. 하나님의 깊은 사랑과 여러 해 전부터 섬세히 인도해 오셨음에 감격하고 눈물을 흘리며 감사드리고 찬양하였다.

기도를 마치고 일어났을 때 나는 다른 사람이 되어 있었다. 세상에서 가장 비참한 사람에서 세상에서 가장 행복한 사람, 하늘의 왕자로!!

병은 아직 그대로 있었지만, 하나님이 살아계시고, 나를 그렇게 사랑하시고 섬세히 인도하시고 내 병과 고통에 하나님의 뜻이 있으신데, 무엇을 더 원하랴…. 이렇게 받은 큰 축복과 비교하면 10년이 넘는 병고의 고통은 너무 적은 것 같았다.

나는 "아침에 도를 깨우치면 저녁에 죽어도 좋다."는 공자의 말씀과 같은 충만감을 느꼈다. 사람이 하루아침에 가장 불행한 사람에서 가장 행복한 사람으로 변할 수 있다는 것도 그 경험을 통해 알게 되었다. 그 당시는 보이는 것들보다 보이지 않는 영적 세계의 실재가 더 확실하고 명확히 보이는 듯하였다.

성경을 읽으면 하늘에 계신 아버지가 개인적으로 내게 쓰신 편지로 느껴졌고 꿀과 같이 달게 여겨졌다. 또한, 사도 바울의 내면적 거듭남의 경험이 나 자신의 내면적 경험과 같은 것을 발견하고는 2000년이란 시간과 공간을 넘어 같은 성령이 역사하심을 깨닫고 더욱 확신을 갖게 되었다.

그전에는 나의 기도는 들어주시지 않는 듯 느껴질 때 하나님의 존재와 사랑에 대하여 의문이 생기는 일도 있었지만 이렇게 하나님을 만나는 경험을 한 후에는 하나님의 존재와 사랑에 대해 조금이라도 의심을 한다는 것 자체가 불가능하였다. 그것은 기적이었다!

그 후 여러 개월 동안 마음에서 계속 찬양이 흘러나왔고, 기쁨으로 인해 통증도 거의 느끼지 못하였다. 병은 그대로 있었지만 그것은 문제가 되지 않았다.

심지어 다른 사람들보다 내가 더 건강하다는 생각을 하게 되었다. 왜냐하면, 사람을 신체적 건강만으로 보지 않고 전인적으로 볼 때, 많은 사람들은 영적인 생명이 없지만 나는 하나님 안에서 영생을 얻었으니 전인적으로는 내가 더 건강하다는 생각을 가지게 되어 그 후부터는 그 전에 가졌던 비참하다는 생각이 완전히 사라졌다.

헬라 철학의 이원론이나 데카르트의 이원론과 달리 성서는 인간을 분리될 수 없는 전체적으로 통일된 존재로 제시한다. 인간이 본래 하나님 안에서 통일된 존재였으나 죄로 인해 하나님과 분리되었고, 그 결과 인간과 인간, 인간과 자연, 그리고 자아 내에 분리된 사람이 된 것을 알려 준다.

그러나 하나님은 예수를 통해 본래의 관계 회복의 길을 여셨으며, "하늘에 있는 것이나 땅에 있는 것이 다 그리스도 안에서 통일되게 하셨다."[95]

현대 과학·의학은 모든 것이 분리된 것으로 인식하여 왔지만 실제로는 현대 물리학이 발견한 바와 같이 우주적 그물 속의 상호 연결로 이루어져 있고 심지어 인간의 의식까지도 연결되는 분해할 수 없는 역동적이고 전체적인 하나인 것이다.

이와 관련하여 노자 老子 도덕경 道德經 에 나오는 '천망회회 소이불루 天網恢恢 疏而不漏'가 생각난다. 이 말은 '하늘의 그물은 크고 성글지만 새지 않는다.'는 뜻으로 우주와 자연의 섭리는 너무 원대해서 인간이 의식하지 못하고 무시할 때도 있지만 사실은 빈틈없이 작용한다는 의미이다.

하나님 안에서 통일된 우주, 자연, 타인과 분리될 수 없는 하나로서의 나 자신을 느꼈을 때, 마음에 진정한 평화와 치유를 느낄 수 있었다.

과학자들이 근자에 발견한 것이지만, 사람의 감정이 통증을 느끼는 것과 밀접히 연관이 있다는 사실을 그때 나는 몸으로 체험하였다. 내가 그토록 간절히 찾던 참된 치유의 길은 마음의 눈이 열리니 가장 가까이에 있었다!

내가 약을 끊고 식생활 등 생활습관을 개혁하고 감사하는 마음으로 살았을 때, 10년 넘게 악화되고 뻣뻣하게 굳어가던 관절과 척추가 시간이 갈수록 점점 더 회복되고 유연해지는 기적을 체험하게 되었다. 접착제로 붙여진 것 같이 조금도 움직이지 못하였던 오른쪽

---

95 에베소서 1:10.

어깨도 나아져서 테니스를 칠 수도 있게 되었다.

얼마 전에 만난 한 미국인 물리치료사는 나의 그런 경험을 듣고는 그런 일을 들어 본 적이 없다며 놀라워하였다. 신앙으로 인하여 마음의 평안과 기쁨을 가지고 앞이 보이지 않는 어려움 가운데서도 스트레스를 적게 받고 희망과 용기를 가지고 살아가는 것은 다른 어떤 것도 줄 수 없는 강력한 치료제였다. 다음 성경 말씀처럼 천국은 그야말로 가까이 있었다. "주의 앞에는 기쁨이 충만하고 주의 우편에는 영원한 즐거움이 있나이다."[96]

'기도의 할머니'라고 불리우신 미국 미시간 주에 거주하셨던 박옥종 집사님의 경험이 생각난다. 이분은 6.25 전쟁으로 인해 5살 아들과 그 아래 딸을 둔 상태에서 남편을 잃고 25살에 청상과부가 되었다. 몸은 병약하고, 아이들을 먹여 살리고 교육하는 일이 너무나 힘든 상황에서 고민하고 절망하던 중 기도로 하나님만 찾았다. 하나님의 은혜를 체험하셨을 때의 경험을, 그분의 자서전 글을 통해 보자.

그 절망의 늪에서 헤매던 내게 하나님은 빛을 비춰주셨다.

새벽 3시 반에 기상하면 기도드리고 성경을 읽고 주님께 드리는 시를 쓰고 하루 일과를 계획하며 메모하고 일사불란의 자세로 기쁨과 감사로 충만하여 순종하며 살았다. 주님과 나 사이엔 아무것도 가로막는 것이 없는 듯하였다.

---

96 시편 16:11.

비록 가난하여 벽에 얼음이 만져지는 영하 3도의 방안에서 낮에도 이불을 뒤집어쓸 만큼 춥고 배고팠지만 나는 행복의 절정에 있었다. 과거 어느 때보다, 한 가정의 사랑받는 아내요, 온 동네 사람들이 부러워하던, 행복한 여인이라는 소리 듣던, 그 시절의 행복을 과연 이 행복과 비교할 수 있을까? 참으로 세상 사람은 알지 못할 무한한 행복이었다. 하루하루, 그날, 그날 하루의 모든 짐을 다 주님께 맡긴 평안과 완전한 신뢰감에서 오는 평강은 이 세상의 행복이 아니었다.

이 분은 절망 가운데 만난 하나님으로 인해 건강이 회복되어 많은 사람들에게 감화끼치는 삶을 사셨고, 자자손손이 믿음으로 생애하며 이웃을 돕고 복음을 전하는 사람들이 되었다. 이러한 경험들은 존경받는 하버드대학교의 심리학자인 윌리엄 제임스 William James 박사의 다음 말이 생각나게 한다.

"행복! 행복! '종교'는 사람이 그 선물을 얻을 수 있는 방법 중 유일한 길이다. 그것은 쉽고, 영구히, 성공적으로, 종종 가장 참을 수 없는 비극을 가장 완전하고 가장 지속적인 행복으로 변화시킨다."[97]

그러면, 그와 같이 극적으로 변하는 경험이 가능한 이유는 무엇일까?

한번 살펴보자.

---

97 James, W. (1902). The Varieties of Religious Experience. New York: Meridian. Ch. 8.

③ 시야를 변화시키는 신앙

의학자 제프리 르빈 Jeffrey Levin 박사는 신앙과 암에 관한 250편 이상의 연구들을 살펴본 후에 발표하기를, "신앙은 암환자들이 직면하는 사망에 대한 두려움, 절망, 고통, 삶의 무의미 등의 스트레스를 신神에게 가져감으로 완화시키는 역할을 하고, 고통을 새로운 각도로 보게 하고 희망을 가져다준다."고 하였다.[98]

즉, 질병에 걸린 것을 새로운 시야, 즉 하나님의 뜻으로 재해석하고 희망을 가지는 것이다. 이와 관련해 심리학자 케네스 퍼거먼트 Kenneth Pargament 박사는 다음과 같이 말한다.

"신이 삶의 사건들 가운데 그 섭리를 보여줄 때, 처음엔 우연하고, 의미 없고, 비극적인 일로 여겨지던 일이 삶을 보다 풍요롭게 인식하는 기회로, 하나님과 함께하는 기회로, 다른 사람들을 도울 수 있는 도전으로, 더 악한 일이 일어날 것을 예방할 수 있는 사랑의 사역으로 여겨지게 한다."[99]

이러한 변화의 중심에는 보는 시야의 변화가 있으며, 신앙은 보는 것이 변하도록 한다. 베스트셀러 저자인 랍비 헤롤드 큐슈너 Harold Kushner 는 종교에 대해서 이렇게 말한다.

---

98 Levin, JS. (1994). Religion and health: Is there and association, is it valid, and is it causal? Social Science & Medicine, 38(11), 1475-1482.

99 Pargament, K. (1997). The Psychology of Religion and coping: Theory, Research and Practice, New York: The Guilford Press. p.223.

"종교는 단순히 신념이나 기도가 모인 것이거나, 의식적인 것을 모아놓은 것이 아니다. 신앙은 먼저 무엇보다도 보는 방식을 말한다… 신앙은 사실을 보는 방식을 변화시키며, 흔히 그러한 변화 자체가 진정한 차이를 만들어낸다."[100]

나 자신의 경험도 그 말이 사실임을 알려 준다. 영적인 시야가 열리니 세상이 달라졌다. 보는 것이 달라지니 그전에는 비참하게 여겨지던 나 자신을 다시는 비참하게 여겨지지 않고 오히려 하나님의 아들로 자존감을 갖게 되었다. 세상을 완전히 다른 기준으로 보고 판단하게 되었다.

리차드 움브란드 Richard Wurmbrand 목사는 루마니아 공산독재 정권하에 동료 기독교인들과 함께 감옥에서 많은 고통을 당하였다. 그들은 거꾸로 매달려 채찍에 맞고, 붉게 달아오른 쇠갈고리와 칼로 고문을 당하였다. 그들은 심한 고문을 당할 때 자신들을 고문하는 간수들을 위해 기도하였고, 간수들이 미래에 사도 바울과 같이 변할 모습을 바라보았다. 그리고 기적이 일어났다고 한다. 고문이 최악이 되었을 때, 그들은 고문하는 사람들을 사랑하기 시작하였다. 마치 꽃을 발로 밟으면, 꽃은 향기로 보답하듯이, 조롱을 당하고 고문을 당할수록 그들의 고문자들을 더 불쌍히 여기고 사랑하였다.[101]

현실을 뛰어넘는 영적인 시야가 이런 기적이 가능하게 만든 것이다.

---

100 Kushner, HS. (1989). Who needs God. New York: Summit Books. P.27.

101 Wurmbrand, R. (1999) Jesus Freaks, Albuny Publishing, Tulsa, Oklahoma.

제 2부 더 큰 의학과 참된 치유

딸아이가 3살이었을 때, 집 앞에서 놀던 애가 옆집 3살 애와 함께 갑자기 사라져 여러 시간 동네 사람들과 찾아다닌 적이 있었다. 유괴범이 나타났던 이야기도 들으며 자전거를 타고 찾아다니던 나는 기도로 하나님께 다시 딸을 부탁하고는 갑자기 마음 깊은 곳에서 우러나오는 깊은 감사와 기쁨을 느꼈다. 그것은 천지만물을 지으신 하나님이 허락지 않으시면 유괴범이라도 딸의 머리털 하나 건드릴 수 없고 하나님께서 어떤 결과든 우리 가족을 위해 가장 선히 인도해 주실 것을 바라볼 수 있었기 때문이었다. 창조주 하나님의 선한 품에 다 맡길 수 있는 것이 얼마나 감사한 일인지! 돌아가니 아내는 큰 소리로 울부짖는 옆집 엄마를 안고 진정시키고 있었다. 얼마 후, 경찰차가 멀리 있던 아이들을 발견하여 데리고 왔다. 아이들은 경찰이 준 막대사탕을 물고 신이 나 있었다.

우리는 다양한 사례와 글들을 통하여 사람이 어떠한 상황에서도 기뻐하고 평안할 수 있다는 것을 보았다. 그리고 그것을 가능케 하는 것은 시야의 변화에 달려 있다는 것도 알게 되었다.

성경이 "천국은 너희 가운데 있다."[102]고 알려주는 것과 같이 어떤 상황에서든 기쁨을 느낄 수 있다면 천국은 이미 가까운 것이 될 것이다.

이 땅에서의 시련을 우리가 조절할 수 없지만, 시련이 축복이 될 수도 있고, 시련 가운데서도 기쁨과 천국을 맛볼 수 있다면 무엇보다 우리의 시야를 영적으로 변화시키는 것이 중요한 일이 아닐까?

---

102 누가복음 17:21.

④ 길은 가까이 있다

"너무나 많은 사람들이 불필요하게 고통당하고 있다. 치유의 길은 가까이 있는데…."

이 생각이 오랜 세월 나를 잡아 이끌었다.

현대인을 괴롭히는 수많은 생활습관 질환들은 식생활, 운동 등 잘못된 생활습관만 건강한 방향으로 바꾸어도 치유될 환자들이 많이 있게 될 것이다. 더 나아가 환자들이 스트레스를 잘 관리하고 부정적인 감정을 줄이고 긍정적인 감정을 증가시킨다면 더 큰 치유력을 경험하게 될 것이다.

그에 더하여 고통과 시련 가운데서도 감사하고 기뻐하고 어떤 환경 가운데서도 희망과 용기를 얻을 수 있는 영성 치유력을 경험하며 살아간다면, 스트레스와 질병이 많은 현대사회에서도 건강한 삶을 살 수 있고 혹 건강이 좋지 않을 때라도 그것을 능히 감내하고 이길 수 있을 것이다.

지난 30년 우리 세 식구의 경험을 돌이켜 볼 때, 사고나 과로로 인한 몇 번의 경우 외에는 병원이나 약과 거리가 멀게 살아왔다. 이를 통해 건강법칙을 따를 때, 면역이 강해져서 질병과 거리가 멀게 되는 것과 아무리 건강해도 지나친 과로는 조심해야 함을 깨닫게 되었다.

흙의 성분과 인체의 성분을 과학적으로 분석하면 신기할 정도로 일치한다. 화학비료를 사용하면, 식물이 쑥쑥 자라고 수확량도 늘어나니 처음엔 효과적인 것 같다. 하지만 화학비료는 질소, 인, 칼륨

이라는 인조 3대 비료만 주기 때문에 갈수록 토양 미네랄의 균형을 깨뜨리게 되어 면역이 약해져서 병해충과 질병에 취약해진다. 그러면, 농약을 사용하게 된다. 농약은 또한 토양의 균형을 깨뜨리고 지력地力 을 쇠퇴시킨다. 그러면, 다음 해에는 화학비료를 더 사용하여야 하고 이는 또한 농약의 증가를 불러오는 악순환을 거듭하게 만들고 결국 땅은 미생물과 작은 생명체들 지렁이 등 이 사라져 사토死土 가 되게 된다.

이렇게 화학비료로 강제성장한 식물은 유제품이나 육식 등의 과잉영양으로 신속히 자라는 아이들이나 비만 환자 등 현대에 많은 질병에 직면한 환자와 같다. 조직이 치밀하지 못하고 면역이 약하다. 병해충과 질병에 취약해진다.

그 해결책은 병충해와 질병을 막느라 애쓸 것이 아니라 병해충이나 비바람에 끄떡없는 식물이 자라도록 토양을 만들어 주는 것이다. 건강하고 강하게 키운 아이는 독감이 유행해도 끄떡없는 것과 마찬가지로.

식물의 경우와 같이, 사람들이 잘못된 식사 등 생활습관으로 질병에 취약하게 만들고는 약과 병원만 찾아다니는 것은 화학비료를 사용하고 농약에 의존하는 것과 마찬가지이다.

결국, 참된 치유와 건강의 길은 우리 내부의 자연치유력을 강화하는 것에 달렸다. 돌이켜 보면, 과거 오랜 세월 투병하면서 가장 힘든 것 중 하나가 참된 치료를 찾는 일이었다. 시도한 모든 치료가 호전될 것이라고 하여 실시하였지만 헛되었고 피해를 준 것도 많았다.

아프다 보면 약도 많고 전문가도 많아 어느 길로 가야 할지 알지 못해 갈등한다. 우리가 앞에서 살펴본 바와 같이 의료전문가·과학자들이라 할지라도 참된 치유에 대한 지식이 제한되고 영리에 의하여 좌우되기 쉽다. 참된 과학적 발견들이 보여주는 진리는 참된 치유는 너무나 가까운 곳에 있다는 사실이다.

매년 수많은 신약들과 새로운 치료방법들이 쏟아져 나오고 선전광고를 하고 있지만, 돈이 되지 않기에 광고되지 않는 건강한 생활습관과 건강한 마음의 치유력에 비교할 수가 없는 것이다.

나의 불치병은 멀리 가지도 않고 집에서 생활습관들을 건강한 방향으로 바꾸며 꾸준히 실천하면서 점차 치유되었다.

우리 가족은 비상용으로 속이 불편하거나 열이 날 때, 염증이 생겼을 때는 숯가루 활성탄 을 사용하여 왔다. 활성탄은 표면적이 넓기 때문에 많은 양의 독소, 색소, 중금속을 흡착하여 몸 밖으로 배출한다. 옛날 할머니들이 가족 중 식중독, 배탈, 설사를 일으킨 사람이 생기면 바로 가마솥의 숯검댕이를 긁어서 먹었다.

옛날 관절염으로 열이 나고 통증이 심하였을 때, 숯가루로 만든 패드를 쪄서 아픈 관절에 사용하여 통증이 완화되고 염증이 가라앉는 효과를 얻었었다. 동의보감에도 기록되어 있는 숯가루는 해독제로서 제약회사에서 제조하는 정식 약이기도 하다. 위장병으로 20여 년 고통당하시는 외숙모님께 아내가 숯가루 한 컵, 꿀 반 컵, 올리브기름 반 컵, 유칼립투스 eucalyptus 기름 lt 을 섞어서 하루 2번 공복에 물과 함께 복용하시도록 전하였는데, 일주일 후에 외숙모님이 속이 편하다시며 고맙다고 전화하셨던 일이 기억난다.

비상시에 손쉽게 구할 수 있는 천연치료제를 가까이 두신 하나님께 감사하게 된다.

옛날에는 보기 어렵던 치매로 알려진 알츠하이머병이 급증하고 있는 것 역시 육식 증가와 운동 부족이 주요 요인이다. 뉴욕의 연구팀이 발표[103]한 바와 같이 육식·유제품 섭취가 알츠하이머병 요인이 되고 채식을 하는 것이 발병 위험을 줄인다는 연구가 많이 발표되고 있다. 하버드의대 신경학 교수인 루돌프 탄지 박사는 CNN TED MED 방송 〈육식을 피하는 것이 알츠하이머병을 예방할 수 있는가?〉[104]를 통하여 육식동물들은 알츠하이머병이 발생하지만 초식동물들에게서는 발생되지 않는다고 하며 육식을 피하고 채식을 하고 운동을 하는 것이 알츠하이머병과 많은 생활습관 질환들을 피하는 길이라고 하였다.

육식으로 이루어진 식단은 항생제와 호르몬, 농약, 중금속 등 여러 유독 성분과 오염물질들이 채식으로 이루어진 식단보다 많이 축적되어 있으므로 건강에 좋지 않다. 원래 에덴에서 사람에게 제공되었던 바와 같이 통곡 채식 식사를 하는 것이 여러모로 자신의 건강을 지키는 안전한 길이 될 것이다.

---

103 Gu, Y., Nieves, J.W., Stern, Y., et al. (2010). "Food Combination and Alzheimer's Disease Risk: A Protective Diet." Archives of Neurology, 67, 6.

104 https://www.youtube.com/watch?v=iUaCmTXJWjo

고통스러웠던 과거의 오랜 투병생활을 돌이켜 볼 때, 나도 자기 땅에 많은 다이아몬드를 두고도 세상을 찾아 헤매다 비극적으로 죽은 불쌍한 하페드와 같이 되었을 가능성이 컸다. 그러나 돌이켜 보면 내 생애에 가장 잘한 선택은 '죽더라도 하나님 안에서 죽기'로 선택한 것이었다.

그렇게 하였을 때, 상상할 수 없었던 치유와 기쁨의 새로운 세상이 열렸다. 하나님과 함께 살아가며 느끼게 되는 기쁨과 감미로움은 과거에 느꼈던 세상의 즐거움은 아무것도 아닌 것과 같이 느끼게 만들었다.

C. S. 루이스는 그러한 차이에 대해 그의 책 『영광의 무게』에서 다음과 같이 말한다.

"우리는 무한한 기쁨이 약속돼 있는데도 술과 섹스와 야망에 집착하는 어리석은 피조물들이다. 해변에서의 휴일을 제공받은 의미를 감히 상상도 못 하기에 빈민굴에서 진흙이나 이기며 놀려 하는 무지한 아이들처럼 말이다. 우리는 너무 쉽게 만족한다."

하늘의 치유와 능력은 진정 가까이 있다. 그런데 그것을 경험하려면 믿음으로 나아가는 것이 필요하다.

한번은 내가 놀라운 자발적 치유에 대해 이야기를 하였을 때, 한 미국인 안과의사가 자신이 경험한 기적을 이야기하였다. 한 환자의 눈 수술을 하려고 눈을 열어 보니 눈에 아무 이상이 없는 것을 발견하였다. 의료진은 실수로 정상적인 다른 눈을 수술하고 있는 줄 알고 깜짝 놀랐다. 그런데 재확인해 보니 이상이 있었던 눈이 정상이

제 2부 더 큰 의학과 참된 치유

된 것이 아닌가!

깜짝 놀라 가족에게 이 사실을 이야기하였을 때, 가족은 눈물을 흘리며 자신들이 그 전날 밤새워 기도하였었다고 하였다. 그 이야기를 들으며 의료진 모두가 함께 울었다고 하였다.

현대의학은 보이는 것만 인정한다. 그렇지만, 보지 못하고 이해하지 못한다고 없는 것이 아니다.

예로, 과거에는 전술한 바와 같이 음식물, 웃음, 플라시보 위약 가 미치는 질병 치유 효과에 대해서 비과학적이라고 현대의학은 인정하지 않았다. 그러나 과학이 발전하여 이전에 그 상관관계를 보지 못하던 것을 볼 수 있게 됨에 따라 그것들을 인정하게 되었고, 치료에 활용하고자 하게 되었다.

치유에 있어서 보이지 않는 것들 즉, 믿음, 희망, 사랑, 목적, 의미, 의지, 용기 등 의 힘이 보이는 것들 이상으로 중요함을 심리학과 함께 현대의학이 발견해 나가고 있다. 그러므로 환자는 보이는 현상, 보이는 세계에 자신을 국한시키지 않아야 한다. 참된 치유, 건강, 행복과 영생은 진정 가까이에 있다.

가장 큰 고난이 빛나는 축복으로 변할 수도 있다. 그리고 그것은 당신과 나, 자신에게 달려 있다.

이 글을 쓰고 있는 중에 처자식 4명을 두고 한 미국인 남자가 자살하였다는 소식이 들리고 한국에서는 3명 가족이 자살한 뉴스가 보인다. 프랑스에서도 한 회사 10명의 직원이 수개월 동안 연쇄 자살한 뉴스가 보인다.

한국인은 한해 14,000명에 달하는 사람들이 자살하면서 세계 최고 자살률을 보이고 있다. 1990년 이래 2년간 400%의 참담한 증가율을 보여 왔다. 젊은이들 중 절반이 자살을 생각해볼 만큼 자살은 젊은 층의 가장 높은 사망원인이 되었고, 노년층 자살률도 급속히 높아지고 있다.

자살 소식들을 들을 때 한 가지 생각하게 된다.

자살하는 사람들은 미래에 희망이 없다고 보기에 자살한다.

그러나 "만일 그들이 시련이 희망차고 복된 미래를 가져올 수 있는 축복의 통로가 될 수 있다는 것을 안다 할지라도 자살을 시도할까?" 하는 의문이 든다.

그리고 그 답은 결코 그렇지 않을 것이다. 아무도 그러지 않을 것이다.

나는 지난 삼십여 년의 세월 동안 홀로 혹은 아내와 함께 하나님의 약속이 맞는지 많이 시험해 보며 살았다. 고통받는 사람들에게 참된 치유의 길을 전하고자 하는 가만히 있을 수 없는 열망으로 인해 때로는 하나님 약속만 믿고 기도하며 가족의 필요도 뒤로 하고 나갔을 때, 이스라엘 백성 앞에서 홍해가 열리고 하늘에서 신비한 음식인 만나가 내린 것 같은 기사와 이적들을 많이 체험하였다.

가족의 사별死別, 대인관계, 가족문제, 경제적 위기 등 각종 시련 가운데서도 위를 보았을 때 놀라운 평안과 기쁨을 느낄 수 있었으며, 경이로운 하늘의 능력을 많이 체험하였다.

그리고 그러한 기적적인 사건이 일어나는데도 보이지 않는 영적 법칙이 있는 것을 깨닫게 되었다. 그것은 변함없는 하나님의 약속 위에 세워진 공식 같아서 조건이 채워지면 일어나는 것을 알게 되었다.

인생의 깊은 절망을 통해 땅에서는 희망을 찾을 수 없어 하늘을 바라보았을 때, 전혀 다른 차원의 새로운 세상이 있는 것을 하나님은 보여 주셨다.

큰 곤란 가운데서 위를 보면서, 땅보다 하늘은 비교할 수 없이 크다는 사실과 그런 하늘을 어디서든 올려다볼 수 있다는 사실에 위안을 받고 힘을 얻었다.

정신의학자 칼 융 Carl Jung 은, "모든 위기는 영적 靈的 인 위기 危機 이다. 영적 위기는 영적 치유를 필요로 한다."는 말을 남겼다.[105]

현대 사회를 살면서 우리가 마주치게 되는 갖가지 위기들은 우리의 존재를 근본적으로 흔드는 영적 위기이다. 그러한 고난이 축복이 될 수 있는 것은 위기를 통해 보이는 것을 초월할 수 있는 기회를 제공하기 때문이다.

그런 의미에서 위기는 진정 축복의 통로가 된다.

그 길에 대해서는 '가장 놀라운 치유' 2권 『너머 보고 기뻐하라』에서 다루었다. 그것은 보는 것을 달리함으로써 모든 것이 변화하는 치유의 길에 대해 대한 것이다. 마음과 영적 치유를 다룬 그 역시 가장 놀랍고도 가까운 치유의 길이다.

---

105 BBC. (1959, October 22). Interview with Jung, K. Face To Face.

원효대사가 당나라로 유학 가던 도중 동굴에서 잠결에 목이 말라서 물을 마시게 되었고, 날이 밝아 마신 물을 확인해 보니 그 맛있던 물이 해골바가지에 고인 썩은 물임을 알고는 구토를 거듭하게 된다. 그를 통해 모든 것은 마음먹기에 달려있다, 진리는 밖이 아닌 내 안에 있는 것이라는 깨달음을 얻고는 유학을 포기했다는 유명한 이야기가 있다. 이 역시 같은 교훈을 우리에게 전달해 주고 있다. 고대로부터 다음과 같은 말이 전해진다.

　"길은 가까이 있으나 사람들은 멀리서 찾는다. 과제는 쉬우나 사람들은 그것을 어렵게 만든다 The way is near, but people search afar; the task is easy, but people make it difficult ."

감사의 글

책이 나오기까지 여러분들이 도와주셨기에 마음 깊이 감사를 드립니다.

먼저, 이 책의 초고를 읽고 귀한 조언과 좋은 아이디어들을 주셔서 책이 많이 발전되도록 도움과 수고를 아끼지 않으신 김명환 님, 김무호 님, 김범준 님, 박홍률 님, 송연호 님, 안애경 님, 정무흠 목사님께 가나다순 감사를 드립니다.

김대기 님 큰자형 께서는 3회 반복하여 검토해 주시고 내용의 구성까지 조언을 주셔서 책이 더 짜임새 있도록 도와주셨음에 감사드립니다. 또한, 일부 내용이 잘 수정되도록 도와주신 출판전문인이신 이상근 님께도 감사를 전합니다. 그리고 책 내용에 대한 조언과 격려를 주신 신원식 목사님께도 감사를 전합니다.

또한, 제게 영감과 감화를 주셔서 공중보건학 분야로 이끄시고 오랜 세월 학문과 일을 위하여 큰 영향과 도움을 주신 은사되시고 부모님 같으신 헤롤드 샬 Harold Shull 박사님과 소냐 Sonya 사모님께 감사드립니다.

그리고 치유 프로그램과 세미나에 참가하셨던 다양한 참가자들의 반응과 조언들로 인해 많은 귀중한 것들을 배우게 되어 그분들께도 감사를 드립니다.

190

그동안 추진해 온 건강사업을 위하여 후원해 주신 여러분들이 없었다면 여기까지 오지 못하였을 것입니다. 그 가운데 가족 중 형님 내외분과 두 분 누님의 지원과 격려에 감사드립니다. 마음과 기도와 재정으로 지원해 주셔서 이 사업을 위해 한 팀이 되어 지원해 주신 모든 분들께 진심으로 감사드리며, 하나님께서 크게 축복하시고 갚아주시기를 바랍니다.

그리고 오랜 세월 한결같이 사랑해 주시고 기도로 힘이 되어 주신 장모님과 아들의 병을 고치시려 그렇게 많은 수고와 정성을 아끼지 않으셨던 작고하신 부모님께 감사드립니다.

불치병환자로 나 자신의 삶도 주체하지 못하던 날들에 반려자가 되어 30여 년을 한결같이 나의 회복을 돕고, 건강교육가로서 다른 사람들을 돕는 기적도 이루어지도록 적극 지원하고 동반해 준 사랑하는 아내에게 깊은 고마움을 전합니다.

개인적인 뼈저린 고통의 경험으로 인해 이웃의 고통을 덜어주려는 심령으로 인해 자주 가족의 일을 뒤로하게 되어 무남독녀인 소중한 딸에게 제대로 해주지 못하여 늘 미안한 마음을 가져 왔었습니다. 그런데 그 딸이 이 책 출판을 위하여 가장 큰 격려와 지원을 아끼지 않으니 그 마음과 정성에 그저 고마움을 전할 뿐입니다.

마지막으로, 〈놀라운 치유 시리즈〉 1권과 2권이 훌륭하게 완성되도록 출판을 위해 수고를 아끼지 않으셨던 지식공감 출판사 김재홍 사장님, 김진섭 교정교열자님과 이근택 편집디자이너님께 진정으로 감사드립니다.

이 모든 일을 가능케 하신 하나님께 감사드립니다.